学校の怖い話

黒木あるじ
郷内心瞳
つくね乱蔵
神沼三平太
鷲羽大介
蛙坂須美
渋川紀秀
葛西俊和
黒 史郎
平山夢明

竹書房
怪談
文庫

※本書は体験者および関係者に実際に取材した内容をもとに書き綴られた怪談集です。体験者の記憶と主観のもとに再現されたものであり、掲載するすべてを事実と認定するものではございません。あらかじめご了承ください。

※本書に登場する人物名は、様々な事情を考慮してすべて仮名にしてあります。また、作中に登場する体験者の記憶と体験当時の世相を鑑み、極力当時の様相を再現するよう心がけています。今日の見地においては若干耳慣れない言葉・表記が記載される場合がございますが、これらは差別・侮蔑を助長する意図に基づくものではございません。

学校の怖い話
怪談百番

母が来る

つくね乱蔵

長谷さんは小学校の教諭だ。

転任したばかりの学校で、四年生を担当している。

それは、六月の授業参観の日のこと。

職員室へ続く廊下で、長谷さんは一人の少女に呼び止められた。

少女の名は宮下美月、長谷さんの受け持ちの生徒だ。口数が少なく、あまり活発な子ではない。

何やら思い詰めた顔つきである。よく見ると、微かに手が震えている。

「あの、先生、ええと、あの」

なかなか用事が言い出せないようだ。

「どうしたの、宮下さん。何か質問かしら」

「いえ、あの、今日の授業参観なんですけど」

ああそうか。しまった、気がつくべきだった。確か、この子は父子家庭だ。新学期最初の授業参観も父親が来ていた。

おそらく今日は、父親の都合が悪くなったのだろう。

長谷さんは優しく微笑んで先を促した。

美月ちゃんは、しばらく俯いていたが、思い切ったように顔を上げて答えた。

「お母さんが来ます。来なくてもいいって断ったんですけど、どうしても行くって。ごめんなさい。いいって言ったのに、どうしてもって」

今にも泣き出しそうだ。どういうことか分からないが、とにかく落ち着かせるのが先決と思えた。

「分かったわ。大丈夫、とりあえず教室に戻ってなさい」

美月ちゃんは、何か言いたそうに振り向きながら廊下を歩いていった。

その姿を見送りながら、長谷さんは美月ちゃんの言葉を反芻した。

お母さんが来ます。どうしても行くって。

父子家庭でありながら、母親が来るということか。

家族構成などは把握しているが、混み入った事情を積極的に詮索することはない。

そこまで手が回らないし、正直なところ面倒事は避けて通りたい。

どういった状況か想像しながら、長谷さんは職員室に向かった。

以前のクラス担任である遠山先生を捕まえ、美月ちゃんの家庭事情を訊いてみた。

「母親が来るって言ったの。それは怖がるのも無理はないわね」

遠山先生は眉間《みけん》に皺《しわ》を寄せ、そう答えた。

美月ちゃんの母親は、子供の教育に熱心なあまり、拷問に近いような体罰を与えていたらしい。

それが原因で離婚され、九州の親元に帰った。美月ちゃんとは面会禁止なのだが、何度か無断で戻ってきて、玄関先で大声をあげていたという。

「担任していた頃、父親から頼まれたのよ。もしも美月ちゃんを訪ねてきても、絶対に会わせないで欲しいって」

そんな事情を持つ人間がやって来るというのか。

いきなりの重荷だが、逃げるわけにもいかない。

長谷さんは緊急時の対応を依頼するため、教頭先生に状況を説明した。

「母親が来る……本当にそんな事を言ったんですか」

教頭は、妙な顔で聞き返してきた。

「君たちには話してなかったんですが、あの母親、つい先月自殺してるんですよ」

悪い噂が広まらないよう、父親が教頭だけに事情を知らせてきたらしい。

「だから母親が来るなんてことは有り得ません」

会話が終わってしまった。

質の悪い嘘と言ってしまえば簡単なのだが、あまりにも真剣な様子だった。あれが演技とは考えにくい。何よりも、そんな嘘をつく理由がない。

対応策が決まらないまま、授業の時間が近づいてきた。

とにかくいつも通りに授業を進め、何か事があったら教頭の応援を呼ぶことになった。

保護者で溢れている廊下を会釈しながら進む。自分の教室が見えてきた。

今のところ、おかしなものは見えない。というか、母親の霊が現れたとして、霊感の無い自分に見えるのだろうか。

結局、何も分からないまま終わってしまうのでは。

ふと頭に浮かんだ理屈だが、正論に思えてきた。

そうだ、そうに違いない。気にするな、私。

深呼吸して気持ちを整え、長谷さんは教壇に立った。いつもより緊張している生徒達を見渡す。教室の後ろにいる保護者にも、特におかしなところは見られない。

ほら大丈夫、何もないじゃない。

一旦、生徒に背を向けて、黒板に今日の予定を記す。

書き終えて振り向いた瞬間、長谷さんは声をあげそうになった。

美月ちゃんの真横に女が立っている。他の生徒や保護者達は気づいていない。

保護者はともかく、生徒が反応しないはずがない。

それほど鮮明に見える。実は、死んだというのが誤った情報で、本当は生きているのでは。

だとすれば、保護者や生徒が反応しないのがおかしい。声をかけるべきなのだが、相手が霊だったら怖い。

いや、死んだにしては生々しすぎる。本当は生きているのでは。

思考の堂々巡りが終わらない。

駄目だ。授業に集中しなければ。

幸い、美月ちゃんの横に立つ女は何もしようとしない。じっと美月ちゃんを見下ろしているだけだ。

「ではこの問題が分かる人」

我先にと手が挙がる中、美月ちゃんだけが身動きせず、俯いている。

ふと、隣の女が動いた。上半身だけを捻じ曲げ、美月ちゃんに何事か言っているようだ。

何を言っているかまでは分からないが、美月ちゃんの顔つきから察するに、叱りつけたのだろう。

女の上半身が更に捻じれていく。有り得ない角度で、俯いた美月ちゃんを覗き込んだ。

そんな動きがあったにもかかわらず、教室内の全員が反応しない。

確定だ。あれは生きている人間じゃない。

長谷さんは全力を振り絞って冷静さを保ち、どうにかこうにか授業を終えた。


保護者が欠席した生徒は、後日改めて面談を行う事になっている。

帰り支度を終えた美月ちゃんは、女と共に教室を出ていった。

女は、まだ何事か言っているようだった。

その姿を見送りながら、長谷さんは思わず溜息を漏らしてしまったという。

これから先も授業参観はある。おそらく、毎回あの女は現れるだろう。

下手したら授業参観にかかわらず、毎日来るかもしれない。

いずれにせよ、こちらとしては何もできそうにない。する気もない。

中途半端に関わって、恨まれるのだけは避けたい。それは教師として恥ずべきことでは。

考えれば考えるほど、どうしていいか分からなくなってきた。

その夜、長谷さんは眠れなかったという。

結論から言うと、それは杞憂に終わった。

授業参観の翌日、長谷さんは美月ちゃんが亡くなったと知らされた。

自殺ではないかと囁かれているが、真相は明らかになっていない。


長谷さんは、今でも時折、美月ちゃんを見かける。

美月ちゃんは、うつむいたまま教室の後ろに立っている。自分の席が無いから仕方ないのだろう。

勿論、あの女も一緒だ。

相変わらず叱りつけているという。

棲みつかれる

郷内心瞳

教師の渥美《あつみ》さんが三十年ほど前、とある田舎の中学校に勤めていた頃の話である。

当時、渥美さんは二年生のクラスを担任していた。特に問題のないクラスだったのだが、二学期を迎えてほどなくした頃から、異様なトラブルが頻発するようになる。

たとえば授業中、女子生徒のひとりが突然悲鳴を張りあげ、椅子から派手に転げ落ちる。授業を受け持っていた教師が事情を尋ねると、彼女はすっかり取り乱した様子で泣き叫び、「机の中から、誰かがわたしの顔を覗いていた！」などと訴えてくる。

同じく授業中、やはり女子生徒のひとりが、ふいに椅子から跳ねるように立ちあがるや、白目を剥いて狂ったように笑いだし、そのままばたりと倒れてしまう。

一方、渥美さんが朝のホームルームを仕切っていた時にもこんなことがあった。

教壇に立って行事の説明などをしているさなか、生徒たちの何人かがこちらを見ながら顔を強張らせていることに気がついた。

不審に思っていると、生徒たちの大半がほぼ一斉に「うおおっ！」と悲鳴をあげ始める。渥美さんが一喝すると、彼らは口々に「手が見えたんです……」と答えた。

話をしている渥美さんの背後に真っ白い手首が二本浮かんで、今にも掴みかかりそうな具合にひらひらと指を動かしていたのだという。

他にも授業中に引き付けを起こして救急搬送されてしまう女子生徒や、放課後の教室で特に争う理由もないというのに金属バットを取り合い、あわや大惨事になるところだった男子生徒たちなど、不穏な事態が相次いだ。

一体、何事が起きているというのだろう？　異変に気付き始めてひと月余りが経った頃、職員室にクラスの女子生徒がふたり、訪ねてきた。

「全部、わたしたちのせいなんです……」とふたりは言う。

二学期が始まってまもなくした頃、放課後に教室でこっくりさんをやったそうである。現場には彼女たちの他にも、さらにふたりの女子生徒がいた。

四人でやることになったこっくりさんは、始めると指を添えた十円玉が本当に動きだし、望んだ質問に次々と答えてくれたのだという。やりとりは概《おおむ》ね、順調に進んだ。

ところが質問を終えて、お別れの儀式に至った時である。
四人が「お帰りください」と声をかけても、こっくりさんは帰ってくれなかった。
五十音の書き記された盤面に十円玉を滑らせ、
ず　つ　と　こ　の　へ　や　に　い　る
という答えがあったきり、あとはいくら呼びかけても答えは返ってこなかった。

クラスで異変が起き始めたのは、それからまもなくのことだという。

授業中に笑い声をあげて倒れた娘と、引き付けを起こして入院している娘は、彼女らと一緒にこっくりさんをおこなったふたりだということも知る。

だが知ったところで、俄《にわ》かには信じがたい話だった。

確かにクラスでは最近、生徒の間で「何かに呪われているのではないか?」などという噂が囁かれているのは事実である。

しかしそんなものは、なんの根拠もない戯言《ざれごと》だろうと渥美さんは考えていた。

女子生徒たちにこっくりさんの一件を打ち明けられても、判断が揺らぐことはなかった。

仮に呪いの噂やこっくりさんの祟りが事態の背後にあるなら、クラスで起きていることは、集団パニックのたぐいだろうと思う。

ふたりには「余計なことで気に病むな」と伝え、話を切りあげた。

ところが上の判断は違った。

一応は報告しておくべきかと思って、学年主任に事の次第をありのままに伝えたところ、予想外にも「お祓《はら》いをしてもらったほうがいいかもしれない」という言葉が飛びだした。

話はさらに上のほうまで伝わってしまい、結果的には校長の判断で地元の神主を招いて、お祓いの儀式をしてもらうことになる。


それから数日後、生徒が残らず下校した夜の学校で、儀式が執り行われることになった。

立ち会ったのは校長と教頭、学年主任、そして渥美さんの四人である。

神主は白髪頭を綺麗に整えた、目つきの鋭い老齢の男性だった。

米や酒、魚に野菜といった神饌《しんせん》一式を供えた教壇を前にして、神主が祝詞《のりと》を詠み始める。

夜の教室が厳かな空気に包まれていくなか、渥美さんはそれでも半信半疑のままだった。

お祓いの儀式で生徒たちの集団パニックを治そうと思うなら、こんな時間に隠れてやらず、生徒の前でこれみよがしにやればいいのである。所詮は校長たちの自己満足に過ぎないと思いながら、拝む神主の背中をじりじりと見つめる。

そこへふいに両肩を「ぎゅっ」と圧迫される感触を覚えた。

誰かに肩を掴まれたのだと、すぐに分かった。

けれども、自分のうしろには誰もいないはずである。

視えざる「手」とおぼしき感触は、渥美さんの肩が潰れるぐらいの勢いでしばらくの間、みしみしと掴み続けたあと、波が引くようにすっと消えていった。

その間、渥美さんは身体が石のように固まり、声すらだすことができなかった。

肩から感触が消えるのと入れ替わるように、神主の祝詞も終わった。

こちらを振り向き、「おそらくこれで大丈夫でしょう」と言う。

そんなことを言われたところで、両肩に刻みつけられた冷たい恐怖の痕は消えなかった。

翌日からはびくびくしながら教壇に立つ羽目になる。

だがお祓いが済んで以来、教室で妙な現象が起きることは一切なくなった。

入院していた女子生徒たちもほどなく退院し、クラスは元の平穏な状態に落ち着いた。

はるか昔の体験ながら、肩を掴まれた時の感覚は今でも鮮明に覚えているという。

姿は直接、目にしていないものの、つららのように冷たく細い指の感触から想像するに、おそらく真っ白い手をした女だったのではないかと、渥美さんは思っているそうである。

おうかがい

黒木あるじ

秋の夕暮れ、Aくんは保護者用のプリントを取りに学校へ戻っていた。

これまでにも何度となく学校に忘れては、そのたび母親から小言を食らっている。先週『参観日のお知らせ』を紛失した際には「あなた六年生でしょ、来年は中学生なのよ」とえんえん一時間も説教をされた。一週間と開けずに忘れるのは、さすがにマズい。

音を立てないよう下駄箱の蓋を開け、そっと上履きを置く。誰かに見つかっては面倒になると思い、職員室の前を屈んで走りぬけた。

それにしても、やけに廊下が暗く感じる。学校へ到着したときは西の空が橙に染まっていたはずだが、窓が東向きのためか警報器の赤ランプ以外に光はない。見なれない光景に不安を抱きつつ抜き足で進むなか、ようやく数メートル先に六年二組の教室が見えた。

思わず安堵に息を漏らし――直後に足が止まった。

ドアの向こう、教室のなかから話し声が漏れている。

同級生だろうか。自分とおなじく忘れ物を取りに来たのか、それとも、こんな遅くまで居残っていたのか。だとしたら先生に怒られないのだろうか。疑問は多々あったものの、級友がいるのは心強い。安心感に背中を押され、Aくんは力強くドアを開けた。

「よう！」

誰もいなかった。

夕陽が射す教室は無人で、窓辺に置かれた金魚の水槽だけがコポコポ泡を立てている。

「……ですか」

違った。泡ではなかった。

「あ……いですか」

水のなかから、声が聞こえていた。

中身こそ聞きとれないが、おなじ言葉を繰りかえしているのは理解できた。金魚たちは怯えているらしく、水槽の隅で身を寄せあっている。

「あ……っていいですか」

息を呑むAくんの前で、水中の声がひときわ大きくなった。

「あなたのこどもになっていいですか」

低い大人の声だった。笑っていた。

すぐに逃げたので、それ以上はなにも分からなかった。その晩も母に怒られたはずだがあまり憶えていない。必死で忘れようとしていた気がする。


鮮明に思いだしたのは、およそ二十年後の夏である。

その日、Aくんは家族で地区のお祭りに出かけていた。

と、四歳になる息子がいきなり彼の手を振りはらい、勢いよく駆けだしたのだという。

息子がめざす先には金魚すくいの屋台があって、ボコボコと泡立つ水のなかを赤や黒の金魚が泳いでいた。息子は水槽前に屈みこみ、顔を浸さんばかりに覗きこんでいる。

「たっくんはまだ無理だよ。金魚さんよりお面にしよう」

息子の背中に声をかける。

金魚が一匹残らず水槽の隅に集まっていた。まるで、なにかに怯えているようだった。

とたん、あの日聞いた声が脳裏によみがえる。

あなたの、こども——つまり、息子は。

それからさらに五年が過ぎた。

我が子に取りたてて変わった様子はない。何度か「金魚が飼いたい」とねだられたが、そのたびに適当に理由をつけては止めている。飼ってはいけないと本能が告げている。

息子は今年、あの日のAくんとおなじ年齢になる。

なにが起こるのかは、考えないように努めているという。

保健室

神沼三平太

「うちの小学校の保健医が本当に不真面目な人で、一時期問題になってたんですよ」

学校の怪談はないかとねだると、絵里子さんはそんなことを前置きして話し始めた。

そもそも以前から、その小学校の保健室には幽霊が出るという噂があったという。

新任でやってきたまだ若い女性の保健医は、どうにもその保健室が苦手なようだった。

なぜなら彼女には幽霊が見えるらしく、できるだけ留守にするか、もしくは休み時間ごとに生徒を名指しで呼び出して話し相手にしていた。それもお化けが見える生徒をわざわざ呼び出すのだ。

保健医にどんな能力があるのかわからないが、呼び出された子たちの数人は、絵里子さんも知り合いだったため、彼らが普段からお化けが見えることは知っていた。しかもそれをひた隠しにしていることも。

こんなことを繰り返しているうちに、六月ごろには保健室には生徒たちも近寄らなくなった。保健室はドアが開きっぱなしで、保健医は空き教室を一つ挟んで隣にある職員室に机と椅子を確保して、どうしても必要な時以外には保健室には立ち入らないようにして過ごしていた。

その日も保健室の開きっぱなしの扉には、〈職員室にいます〉と書かれた札がぶら下がっていた。

傍には泣いている男の子と付き添いの二人の男の子。昼休みに校庭で遊んでいたところ、転んでしまって膝や腕を擦りむいたのだ。

転び方が激しかったのか、血が流れ出て脛《すね》に何本も血で筋を描いている。痛みも相当なものだろう。

「保健の先生やっぱりいねえじゃん。俺呼んでくるよ」

付き添いの一人が廊下を駆けていった。

残された二人のうち一人はまだべそをかいている。付き添いのもう一人はどうしていいかわからず、その場に棒立ちだ。まだ小学生で応急手当ての知識もない。保健医がすぐ手当してくれると思ったら、保健室はもぬけの殻。

――どうしよう。すぐ戻ってきてくれるといいけど。

走って行った彼は、職員室に入ったまま出てこない。

すると、保健室の中から妙に甲高い歌声が聞こえてきた。

保健室の奥の方。窓際からだ。

この保健室にお化けが出る、という話は耳にしている。

そちらに目を向けると、ボサボサの黒髪をした半透明の女性が立っていた。

幽霊だ。

怪我をした子が、泣き声のトーンを一段上げた。彼にも見えているのだろう。

幽霊は歌手のような衣装を身につけていた。ひらひらのついた服は、紅白歌合戦で見た大御所の芸能人のようだった。

それが童謡のような歌を口ずさんでいる。それも聞き惚れるほど上手い。

次の瞬間、幽霊がこちらに向かって歩きだした。近づいてくる。

ドブの悪臭を薄めたような異臭。

ひんやりとした空気が足元から立ち上ってくるような感触。

「わあ！」

二人はその場から駆け出して、職員室まで走った。

彼らが職員室に飛び込んだ直後、保健医を呼び出す学内放送が流れた。

「先生達が何人もで保健室に行ったんですよ。その女は不審者じゃないかって。それで、やっぱり歌声を聞いてるんです。保健医が帰ってこないから救急車が呼ばれて、結局男の子は足の傷を縫ったそうです。あと保健医は近くのコンビニに買い物に出掛けていて、後で怒られたそうです――」

絵里子さんの証言によると、幽霊の歌を聞いたことがある生徒は多かったが、姿まで見た話は稀だったという。歌声は〈蛍の光〉や〈ふるさと〉だったという話が多かったが、他の童謡のタイトルもあり、実のところさまざまだったという。

彼女自身の体験では、日本の童謡だろうというところまではわかったが、具体的には知らない歌だったとのことである。

今でも童謡を聞いた時には、保健室からドブのような臭いがしていたのを思い出すという。

隅の中年

鷲羽大介

道春さんが小学生の頃、校庭の隅にいつも膝を抱えて座っている男の人がいた。背広を着て、頭が薄くなりかけている、五十歳ぐらいのおじさんに見えた。どうしたんですか、と声をかけても、身じろぎひとつの反応もない。肩に触ろうとしても透けてしまう。きっとこの世の人ではないんだろう、と結論づけた。

おじさんが見えるのは、道春さんと同じ学年の子だけだった。他の学年の誰に聞いても「そんなの見たことない」と言われるし、先生にはどうせ通じないだろうと話しもしなかった。卒業式の日に、学校を去るときもおじさんは校庭の隅にじっと座っていた。

地元の中学と高校を卒業し、実家に住んだまま就職と結婚をして、息子の龍次郎くんも同じ小学校に入った。

息子からは、校庭の隅にいるおじさんの話を聞いたことはない。あのおじさんが見えるのは、やはり自分たちの学年だけだったようだ。きっと集団幻覚でも見ていたのだろう、と道春さんは合理的判断を下したそうだ。

龍次郎くんが四年生になったとき、学校から「災害訓練の一環として、通学路の危険箇所を親子で確認してください」という、親子下校のお知らせがあった。たまたまその日は仕事の休みが取れたので、奥さんではなく道春さんが、龍次郎くんの下校時間に学校へ行き、一緒に下校することにした。

校庭に集まった保護者の、大半は母親だった。ちょっとした気恥ずかしさを感じながら、こちらもやや照れた様子の龍次郎くんと一緒に歩き始めた。

「父さん、あんなところに誰か座ってるよ」と、校庭の隅を指さして怪訝な顔をしている。

かつて、道春さんがおじさんを見ていたあの場所だった。

道春さんの目にはもう見えていない。

「何を言ってるんだ、父さんには何も見えないぞ」

そう言って、道春さんは龍次郎くんを急《せ》かして歩かせた。

嘘は言ってないからいいよな、と思ったそうだ。

「息子も、あれが見えるようになったんだと思うと、なんだか嬉しいんですよ。これも成長の証なのかな、と思うんですよね」

そう明るく話す道春さんの母校は、戦時中に空襲で亡くなった人たちを安置していた場所に建っている。

落武者の霊

蛙坂須美

千佳子さんが卒業した中学校にはおさだまりの怪談が伝わっていた。

「母も同じ学校を出てるんですけど、その頃からあったみたいです」

嘘かまことか、その中学校のある場所はかつて古戦場だったとされており、

「落武者の霊が出るっていうんですよね」

目撃者は、いた。

校庭で、裏庭で、プールで、トイレで、教室で、実際に「落武者の霊」を見たという話は枚挙にいとまがなかった。

学生だけでなく、教職員の間でも暗黙の了解事項になっていたらしい。下校時間を過ぎても校内に残っている学生に、

「『落武者の霊』が出るから早く帰りなさい」

とまでは言わなかったものの、なんとなくそんな空気を醸し出していたように思う。

「もっとも、わたしはずっと心霊懐疑派だったので、『落武者の霊』なんて嘘だと決めつけてました」

皆「落武者の霊」「落武者の霊」とバカのひとつおぼえみたいに言うけれど、どうしてそれが「落武者の霊」だとわかるのか。落武者の実物を見たわけでもあるまいし、まさか「落武者の霊」が「自分は『落武者の霊』ですのでよろしくお願いします」と自己紹介でもしたというのか。

——頭が悪いにもほどがある。

千佳子さんはそう思っていたそうだ。

ある日のこと。

千佳子さんは夜半、学校に忘れ物を取りに行った。

「忘れ物は、次の日の宿題かリコーダーか、おおかたそんなところだったと思います」

宿直の用務員さんに頼んで懐中電灯を貸してもらった。夜の校内はさすがに不気味だが、怖いとまでは思わなかった。

何事もなく忘れ物をサルベージし、一階に下りたところ。

「体育館にあかりがついていました」

薄緑色に塗られた鉄扉《てっぴ》の向こうから、仄白《ほのじろ》い光線が漏れている。

こんな時間に、まだどこかの運動部が練習をしているのだろうか。

千佳子さんは誘蛾灯に吸い寄せられるように扉に近づき、隙間から中をのぞきこんだ。


「そこに『落武者の霊』がいました」

千佳子さんは語る。


それはもう、どこから見ても紛《まご》うことなき「落武者の霊」でした。

もちろん本物の落武者なんて見たことないのに、一目でそれとわかるんですよ。

怖いとは思いませんでした。

どちらかといえば、あ、ほんとにいたんだ、っていう驚きですね。

なんていうか、見えてる世界がすべてじゃないっていうか。

世界の奥行きが広がったような。正直言って、ちょっと感動しました。

それはまあ、いいんですけど。
思い出せないんです。
そのとき見た「落武者の霊」の姿を。
どうしても思い出せないんです。
「落武者の霊」を見たことだけは、絶対に確かなのに。
あの日の記憶を思い起こそうとすると、頭の中が真っ白になっていきます。
そうしてその書道半紙みたいな白の真ん中に、
「落武者の霊」
っていう文字だけがぽわーっと浮かんできて。
あとはもう、なにもわからなくなってしまう。
だからわたし、思うんです。
ひょっとして、霊って文字みたいなものかもしれないって。
この感覚、怪談作家の方になら伝わりますか?
ああ、そうですか。

意味わからないですか。
わからないですよね。
わからなくていいです。

筆まめ

郷内心瞳

伊津恵《いつえ》さんという三十代になる女性の体験談である。

数年前のある時、兄夫婦が暮らしている実家がリフォームされることになった。

施工するのに当たって邪魔になるとのことで、伊津恵さんが独立する時に置いていった私物を整理してほしいと頼まれる。私物と言っても、大半が不用品と化した物だったため、一通り選別を終えて残ったのは、段ボール箱に数個分の日用品やノートだけだった。

帰宅してさらにくわしく検《あらた》めてみると、ノートの一部は日記帳である。

筆まめというやつで彼女は中学時代から高校を卒業する頃まで、ほとんど毎日欠かさず、日々の出来事をノートに記し続けていた。紙面を捲って読み始めれば、遠い日の懐かしい記憶が昨日のことのように蘇る。

夢中になって読み進めていると、高校時代に綴った記録の中に奇妙な記述が見つかった。

日付は二年生の冬場である。

昨夜、リッコがわたしの部屋に来た。

寝てるわたしの横にべたっと脚を広げて座り、すごい顔をしてわたしの胸のまんなかに、ぎゅっと固めた握り拳《こぶし》を押しつけてきた。

リッコは拳の先でわたしの胸を掘ろうとしてるみたいに、細い腕をぐりぐり回し続けた。わたしは怖いし、苦しいで、本当は悲鳴をあげたかったんだけど、声が全然出なかったし、身体を動かすこともできなかった。

「ごめんなさい！　許して！」って、心の中で思いながら泣いているうちにわたしは多分、気を失ってしまったんだと思う。

読んでいるうちに頭の芯がじわじわと冷たくなり、同時に長らく記憶の底に封じていた過去の忌まわしい情景が、鎌首を擡《もた》げて蘇ってきた。

リッコというのは、当時のクラスメイトである。

特に仲が良かったわけではないが、二年生の一学期の時は席が隣だった。

ある日の昼休み、伊津恵さんが教室内で友人たちとふざけ合っていると、思わぬ拍子にリッコの机に身体がぶつかり、中に入っていたノートや教科書が床にこぼれ落ちてしまう。拾って元に戻そうとした時、手にした大学ノートが開いて、中身がちらりと目に入った。授業の書き取りに交じって、紙面のあちこちに人の悪口が書きこまれている。


ソノエ、ムカつく。裸の女王。高校出たら、どうせ落ち目のソープ嬢。

コトコ、ブスのくせに態度でかすぎ、うざい、きもい。

タマキ、笑いのセンスご臨終。みんなお義理で笑ってくれてるだけだから。


いずれもクラスのカーストで上位に君臨する——有体に言うなら、クラスで幅を利かせ、日頃から好き放題に振る舞っている女子たちへの悪口だった。

「バレたら絶対、シメられるよね」

横からノートの中を覗き見た友人が、苦笑しながら耳元で囁く。

この時、リッコは学食にパンを買いに行っていた。さっさと片づければよかったのだが、つい好奇心に駆られ、他にはどんな書き込みがあるのか知りたくなってしまう。

友人たちとこそこそしながらページを捲っていると、不審な様子を察したソノエたちが「お前ら、何やってんの?」と近づいてきた。「やばい……」と思った時にはすでに遅く、ノートはソノエたちに取りあげられ、中身を全部見られてしまう。

まもなくパンを抱えて教室へ戻ってきたリッコは、その場でソノエたちに代わる代わる往復ビンタを喰らい、買ってきたパンをぐしゃぐしゃに踏み潰され、後頭部のまんなかに生える髪の毛を根本から一房、ハサミでごっそり切り落とされてしまった。

この日からリッコはソノエたちに目をつけられ、二学期が終わる頃に自宅で首を吊って自殺するまで、形容を絶するような酷い虐めに遭わされた。

日記の日付を見る限り、伊津恵さんの枕元にリッコが迷い出たのは、ちょうど初七日を迎えた晩のことだった。

当時の出来事は長らくすっかり忘れていたのだけれど、日記に書き残されている内容は夢幻のたぐいではなく、本当にあったことだった。

習慣だったので一応記録に留めておいたのだが、記憶のほうは怖さに堪えきれなくなり、そのうち意識の底に沈めてしまったのではないかと思う。

脳裏に色濃く蘇ったリッコの顔――蝋燭《ろうそく》を思わせる、仄《ほの》かに透けるような白い顔――に思いを巡らせていると背筋がざわめき、自責の念にも駆られてくる。

「ごめんね、あんなことになるとか思ってなくて……」

いたたまれない気持ちで謝罪の言葉をつぶやいた時だった。

右の肩口に「ぽん」と冷たい感触が伝わった。

鉤《かぎ》のように鋭く強張《こわば》る、人の手の感触だった。

振り向いた先には誰もいなかったが、伊津恵さんは、その日の夜から原因不明の高熱に見舞われ、結局二週間近く入院することになったという。

幽体離脱

黒　史郎

恵さんの小学生時代の同級生に晶子という不思議な子がいた。

あまり恵まれていない家庭環境に育った彼女は、いつも同じ服を着ていたうえに、ほとんど風呂にも入っていないらしく、いつでもちょっと臭《にお》っていた。

イジメにまで発展こそしなかったが、彼女の遊び相手や話し相手になる子もなく、優等生グループはとくに不衛生な彼女を避けたがる傾向にあった。

そんな中、女子の中立グループが、晶子も自分たちの仲間に入れてあげようということになった。

そのグループには恵さんもいた。

彼女たちは積極的に晶子に話しかけた。これが話してみると、なかなかおもしろい性格をしており、いろいろな意味で得難いものを持っている女の子であった。

また、意外に人なつこく、思っていたよりも性格は明るく、なんにでも詳しい。勉強はできないが興味がないだけで、やればできる子だとわかる。だから、変な知識だけは誰よりも持っていて、恵さんたちをいつも未知の知識や体験へと導いてくれる。汚れることを気にせず、どんな場所でも入り込んでいって、毛虫、セミ、ミミズといった気持ちの悪い生き物にも果敢に向かっていく。女の子というより、ヤンチャな男の子と遊んでいるみたいだったという。

なぜ、そういう流れになったかはわからないが、ある日、彼女が学校の休み時間に突然、奇妙なことをいいだした。

「幽体離脱するわ」

当時はクラスで怖い漫画の貸し借りが流行っていた。何組の○○さんが幽霊を見たらしい、何階のトイレに花子さんがいるらしいといったホラー寄りの噂話を、みんなが喜んで交わしていた時代であった。だから、幽体離脱がどういうことをするものなのか、恵さんたちもわかっていたが、そういうものを遊びに組み込むなんて発想はなかった。

「じゃ、ちょっと出てくから、身体、見張っといてな」

晶子は廊下の壁にもたれて座ると、カクンと頭を前に垂れた。

彼女の幽体がそのあたりを散歩しているあいだ、恵さんたちは空っぽの身体を守っていなければならなかった。

二、三分ほど見守っていると、晶子はぴょこんと顔を跳ね上げ、今どのあたりを散歩してきたよと報告する。そこに誰がいて、なにをしていたかまで声を弾ませて語っていた。

これは本物の幽体離脱などではなく、「ふり」であることはみんなもわかっていた。

幽体散歩の様子を語る晶子は本当に楽しそうだったから、みんなは彼女の不思議な世界観に付き合ってあげていたのだ。

恵さんは風邪で学校を休んだ。

三日後、完治して登校すると、晶子の様子がいつもと違うことに気がついた。

おはようと挨拶しても、きょとんとした表情を返される。

休み時間に話しかけても会話が噛み合わない。

いつも興味や好奇心できらきらしていた彼女の目が、眠たそうに曇っていた。

自分が風邪で休んでいるあいだに、よほど不機嫌になるようなことが彼女の身に起きたのかと他の友達に聞いてみた。

すると、みんな言いづらそうに視線を交わし合いながら、教えてくれた。

恵さんが休んでいるあいだ、例の幽体離脱ごっこをやったのだと。

晶子がおかしくなったのは、その直後からであるらしい。

「あの子が見てていうから見てたんやけどな」

「ウソやん、見てなかったやんか」

「はぁ？　見てたし。そっちこそ、よそ見ばっかしてたやん」

友達同士のやりとりから、晶子の幽体が散歩しているあいだ、誰も彼女の身体を見守っていなかったことがわかった。

晶子が不機嫌になってしまった理由はこれだろう。

それくらいのことなら、そのうち仲直りできるだろうと恵さんは楽観していた。


でも、そうはならなかった。

晶子はまるで人が変わったように性格が暗くなった。

話しかけても目も合わせてこず、言葉も返さない。授業中にふと視線を感じて目を向けると、恵さんのことを虚《うつ》ろな瞳で凝視している。その瞳には親しみの光は欠片《かけら》も残っていなかった。

人なつこくて、おもしろく、博識な晶子はどこかへ行ってしまったのだ。


その後、晶子のお姉さんが亡くなり、なんらかの事情で彼女は転校していった。

結局、最後まで晶子との関係は修復できず、お別れの言葉も交わしていない。

担任の先生が思い出にと晶子を真ん中にクラス全員で写真を撮った。

欲しい生徒にだけ現像して配られたが、欲しがる生徒はほとんどいなかった。

写真で見る晶子の顔は発光しているように写っており、なぜかひどく驚いたように目も口も大きく開いていた。なにより、そこにある顔は晶子らしさがみじんもなかった。

写真は彼女の引っ越し先へも送ったそうだが、親はあの写真を見て、どれが自分の娘なのかもわからず、困惑したのではないかと恵さんはいう。

顔

平山夢明

Lさんの中学校では化学や生物の実験の際、生徒が準備室から備品を運んで用意することになっていた。

戦前からあるというその中学校の準備室は広く、部屋の壁に沿った棚には標本がずらりと並んでいた。直射日光を避けるため、準備室のカーテンは厚く、部屋の中はいつも薄暗い。当然、そこには何かが出るという噂が立った。

生き物や人体に興味のあったLさんは、準備室の標本を眺めるのが好きだった。勿論、用もなく立ち入ることはできないので、実験の準備がある日は教師から早めに鍵を受け取り、同級生がやって来るまで、ひとり標本を眺めていた。

瓶詰めの標本はいずれも白っぽく煤《すす》けていて、紙ラベルは変色して読めなかった。全部で二十個。ビンは魔法瓶ほどからジャムの瓶ぐらいと大きさは様々だった。

中身は焼く前のパン種を捏《こ》ねたようなもの、鼠、猫の胎児、牛と馬の眼球、モヤシや昆布に似た寄生虫、人の鼻、無理矢理にこじ開けた下顎、それと脳があった。

脳の標本のひとつは丸ごとひとり分が詰まっていたが、もうひとつはスライスされているものだった。両方ともラベルに名前が書いてあるのだが経年劣化が酷く、全く読むことができない。

ある時、Lさんは脳と鼻と眼と顎の標本を〈顔〉のように並べてみようと思った。

はっきりした意図があったわけではなかった。それぞれを眺めているうち、ふとそうしてみたらどうなるだろうという好奇心が湧いただけだった。

さっそくLさんは一番上の棚に脳、その下に牛と馬の目、その下に鼻、その下に顎と間隔を考えながら置いてみた。棚から離れた場所から見ると奇妙な〈顔〉ができあがっていた。壁を背景にしたそれは思った以上に大きく、恐ろしいようでもあり、また酷く滑稽でもあった。

以来、準備をすることになるたび、Lさんは元の位置に戻された標本を並べ換えて〈顔〉にしていた。

ある時、母が、あんた大丈夫？　と心配そうな声を出した。

なに？　と問い返すと、食べ過ぎよと云う。

聞くと、もうお代わりを三杯はしているのだという。全く自覚のなかったLさんは驚いたが、確かに最近、腹が減って仕方がない。それに以前は口にすることのできなかったピーマンやセロリも、平気で食べるようになっていた。母は女の子なんだから気をつけないと肥るわよと皮肉めいた。

が、それからもLさんは食べた。

不思議なことにいくら食べても満腹にならないのだった。学校の近くにできた店で、大きなすり鉢に十人前のラーメンを三十分で食べたらタダというチャレンジメニューなるものがあった。彼女は挑戦し、見事に平らげてしまった。

これを期に、大盛り無料になる店があると電車を使ってでも出かけるようになった。

三ヶ月も経つ頃には体重が二十キロ以上も増えていた。持っていた服は当然、すべて入らなくなったので、見映えよりも着られるかどうかが軸になった。自転車はすぐにパンクするようになり、こづかいは登下校中の外食に回すため、他のものは買えない。靴もすべて履けなくなった。

悲鳴を上げたのは母だった。親子三人だけなのに一ヶ月に米を六十キロも買わなくてはならなくなり、ついに今迄勤めていたパートを辞め、米が安く買える生協に転職した。唐揚げでも餃子でもハンバーグでも、大皿山盛りにしなくては我慢ができなかった。それでもLさんは気にならなかった。友だちも心配し、教師も冗談めかしてLのようになっては駄目だと云い、雪だるまならぬ〈脂だるま〉という仇名がついた。腕も足も顔も別人のように膨張し、久しぶりに会った伯母はLさんが誰だかわからなくなっていた。母は病院に一度行こうと泣いた。

それでもLさんは気にならなかった。

その頃になると腹が減るという感じではなく、世間という煎餅を端からガリガリと食い尽くしていきたいという思いにかられていた。軀《からだ》は倍も大きくなっていた。

そんなある夜、夢を見た。

準備室で、元の位置に戻されている標本をまたも〈顔〉になるよう並べ直している。するとと大事にしていた子犬が突然現れ、棚の〈顔〉に向かって猛烈に吠え始めるのである。そのチワワは中学入学を祝って父がプレゼントしてくれたもので、Lさんは肥ってからも以前と変わらずに可愛がっていたし犬も懐いていた。そんな普段は滅多に怒るはずのないチワワが牙を剥き出し、全身を怒りに震わせて棚に吠えかかかる。

夢の中でLさんは宥《なだ》めようと近づくが、チワワは右に左に逃げ回り、吠え立てる。

やがてLさんの腕をすり抜けると棚に飛びかかるや否や、ぐらりと揺れた棚がチワワを下敷きにしてしまった。

Lさんは夢の中で大声を上げ、実際に自分の発した叫びで目が覚めた。

時刻はまだ深夜。動悸が治まらず、Lさんはチワワの様子を見にベッドを出て居間へと行った。

どこにもいない。家中の電気を点け、チワワの名前を呼び、いないいないとLさんは泣きながら探した。様子を心配した両親も起き出して来た。

すると母がアッと悲鳴を上げかけ、ごくりとそれを呑み込んだ。

なに？　と訊ねると青褪めた母はLさんの膨らんだパジャマの背中を指差した。彼女の背に潰れたチワワが貼り付いていたのである。

どうしていつも居間のクッションに居るはずのチワワがLさんのベッドに来て、更にパジャマの内側に潜り込んだのか。いくら考えてもわからなかったが、Lさんのショックは大きかった。しかし――本当の原因が何か、わかったような気がした。

以来、Lさんは準備室での〈顔〉の遊びを止めた。

すると途端に、あれほどの食欲が嘘のように減り始めた。

二年生になる頃、すっかり元に戻った彼女は、ふと気になっていたことを化学の担任に訊ねた。

あの棚の標本は、いつも誰が管理していたんですか？　と。

定年近いその教師は、あんな汚いもの、誰も触る人はいないよと告げた。

それじゃあ毎回、わたしが並べた〈顔〉を元の位置に戻していたのは誰だったんでしょうね、とLさんはいまでも首を傾げている。

優しい友達

つくね乱蔵

関根さんの一人息子、翔太君が妙なことを言い出した。

学校の体育館の裏で、小さな女の子と友達になったのだが、その子は自分にしか見えないというのだ。

「いつも側にいる。上から下まで真っ赤なんだ」

ドッジボールで最後の一人になったときや、苦手な食べ物が給食に出たとき、授業で当てられたときなど、その女の子は優しい声で励ましてくれるらしい。

〈大丈夫。翔太君ならできるよ〉

そう言われると何だか自信が湧いてきて、最後まで頑張れるのだと笑う。

おかげで、引っ込み思案だった翔太君は、何事にも積極的になった。

夫は、幼年期にありがちな空想の友人だろうと楽観しているが、関根さんは少々不安になってきた。

あまりにも頼り過ぎるのだ。

「あの子なら、そんなことしない」

「あの子も算数が嫌いだって」

些細なことではあるが、実生活に影響が出始めている。

関根さんは、保育士の資格を持つ友人に相談してみた。間髪を置かず、返事が戻ってきた。

「特に心配しなくても、大きくなったら忘れてしまうわよ」

友人のアドバイスに従い、関根さんは黙って見守ろうと決めた。

事件が起きたのは、その直後だった。翔太君が小学生になって以来、初めての呼び出しである。

担任が語るあらましを聞いて、関根さんは青褪めた。

学校で飼っていたウサギの耳をハサミで切り落としたというのだ。

何故そんなことをしたかと問う先生に向かい、翔太君は〈赤い女の子の命令〉と答えたという。

それ以外でも、級友達への攻撃の度合いが日に日に増しているらしい。

これ以上、放置しておくわけにはいかない。

とはいえ、どうすればいいのかも分からない。とりあえず小児科に連れていくことに決めて、予約の電話を入れた。

翌朝、出かける支度をしている関根さんの元に翔太君がやってきた。

何処か寂しそうだ。どうしたのか訊ねる関根さんに、翔太君は涙をこぼしながら言った。

「あの子がさよならしたの。もう来ないって」

まさかの結末に、関根さんは拍子抜けしながらも、ほっと胸を撫で下ろした。

事実、この日を境に翔太君は元の明るい性格に変わり、平凡で穏やかな生活が帰ってきた。

おかげでクラスの友達との仲も戻り、遠足にも笑顔で出発したのである。

関根さんの携帯に連絡が入ったのは、その昼過ぎであった。

いつもはのんびりした担任が、かなり焦った調子で一方的に話し出した。

『申し訳ありません、私が目を離したばかりに』

「あの、うちの子に何か」

『すいません、崖から飛び降りたんです』

翔太君は集中治療室に運び込まれていた。

関根さんは、ベッドのネームプレートを再度確認した。目の前に横たわるのが、自分の息子だと信じたくなかったのである。

顔の左半分が酷く腫れ上がっている。左腕もギブスが嵌《は》められていたが、それはまだいい。

関根さんを絶望させたのは、左足であった。膝から先がなかったのだ。

崖から落ちる途中、鋭い岩に衝突し、千切れてしまったのだという。

何故飛び降りたのかと問う担任に向かい、翔太君は細々と答えたらしい。

「あの子がおいでって。君なら飛べるよって」

そんなバカな、いなくなったんじゃないのか。

関根さんの悲痛な叫びが病室に響いた。その声に重なるように、背後から女の子の笑い声が聞こえた。

振り向くと、髪の毛も顔も着ている服も、何もかも真っ赤な女の子が笑っていた。

それっきり、翔太君の周りから赤い女の子は消えた。

翔太君は一命は取り留めたが、すっかり性格が変わってしまった。常に何かに怯えている。

退院した翔太君を車椅子に乗せ、関根さんは公園に向かった。

皆が遊ぶ様子を虚ろな表情で見つめていた翔太君は、突然怯え出した。

「どうしたの?」

「あの子が。あの子がいる」

関根さんにも真っ赤な女の子が見えた。

あの日、集中治療室に現れたときと同じ姿であった。

一人の少年の背後に浮かび、耳元で何事か囁いている。

囁かれた少年は、いきなり隣の子を殴った。

入口のカレンダー

神沼三平太

神崎さんの勤める小学校の図書室の話である。

その部屋の入り口には、絵本雑誌に付録のカレンダーが貼ってある。他にもカレンダーが付録でついてくる雑誌はあるが、優しい絵柄が多いので、毎年それを選択している。

「あのね先生。今図書室に入ってくるときにさぁ、入り口のドアの向こうにさぁ、両手を付いている女の子がいたんだよ」

冬のある日、鈴木さんが図書室に入ってくるなり、そう話しかけてきた。

四年生の彼女はよく図書室に通ってくる。どうやら幽霊などが見えるらしく、時々不思議なことを口にする。

神崎さんには不思議なものは一切見えないし、今まで気配なども感じたことはない。

だが、頭ごなしに否定はしない。自分とは違う見え方をする子がいても、そんなものだろうと思っている。その態度が鈴木さんにも心地いいのかもしれない。よく彼女の体験した不思議な話を教えてくれる。

神崎さんはドアのほうに視線を向けたが、やはり何も見えない。

「どんな子なの」

「うーん。今は顔が見えないよ。カレンダーの右と左に手が見えるでしょ。ほら、すりガラスのところにさぁ」

目を凝らしても、やはり見えない。

神崎さんが困った顔をしているのが分かったのか、鈴木さんは笑顔で大丈夫だよと言った。

「先生は見えないけどさぁ。その子時々来て、ああやって手をついてこっちを覗いてるんだよ。きっとここに入りたいんだろうね」

「でも、顔はカレンダーに隠れて見えないんでしょ」

「うん。あたしも顔を見てみたいんだけどね。見えない」

おさげの黒髪。背は一四〇センチくらい。べったりとドアに顔を貼り付けているらしく、横からでは表情をはっきりとみることができない。

鈴木さんはそう言うと、子供向けの探偵小説を借りて帰っていった。

自分の職場を覗き見しようとする子がいる。しかもこちらからはその子が見えないというのは、あまり気持ちのいいものではない。

――何も見えないのは幸いだわ。

神崎さんは溜め息をついた。


その年の年末。二学期の最後の日のことである。

事務仕事を一通り終わらせ、カレンダーを新年のものに変えようとして気が付いた。

絵本雑誌の付録になっていたカレンダーが、今年は付いてきていなかった。

毎年楽しみにしていたのに。残念だわ。そう思った神崎さんが、別の雑誌のカレンダーにしようか、業者が持ってきたカレンダーを貼ろうかしらと思案しているところに、勢いよくドアを開けて鈴木さんが入ってきた。外には閉室の札が掛かっているのだが、彼女はお構いなしである。

「先生さぁ、冬休みの間も本を借りてもいいですよね」

そう言うと彼女は本棚からおどろおどろしい表紙の二冊を引っぱり出して、カウンターに持ってきた。最近は江戸川乱歩にハマっているらしい。

「先生、早くドアにカレンダー貼ったほうがいいよ」

「どうして」

「あたし、あの子の顔、初めて見ちゃったんだけどさぁ、ぐちゃぐちゃな感じでモザイクが掛かってるみたいになってて、すごく気持ち悪かったから」

その言葉に、たまらずドアの方に視線を送ったが、誰もいない。

「先生見えないと思うけど、すりガラスに両手とべったり貼り付いた顔があるの。だから、何でもいいから貼った方がいいよ。できれば今すぐ」

神崎さんは、鈴木さんのアドバイスに従い、真っ白なコピー用紙をすりガラスに貼り付けた。


それから十年以上経つ。鈴木さんが今はどうしているかわからない。きっと大学生になっているだろう。そして何年かに一度、彼女が教えてくれたように、図書室の中を覗いている女の子がいるという話を、神崎さんに教えてくれる生徒が現れる。

紫のけむり

鷲羽大介

近頃の建物はどこも防火設備が充実していて、トイレで煙草を吸ったりしたら即座にスプリンクラーが作動するものだが、かつては男子トイレがヤンキー学生の憩いの場になっていたものだ。

この話は、邦彦さんがおよそ半世紀前に、ある地方の工業高校で体験したものである。

その日、邦彦さんは授業をさぼってトイレの個室にこもり、灰を和式の便器に落としながら、ゆっくりと紫煙をくゆらせていた。中学のころから吸い始めた煙草は、もうすっかり習慣になっている。はじめは意気がって咳き込みながらの喫煙だったが、そのころには既になくてはならないものになっていたのである。

間もなく一本を灰にし終わるところで、個室のドアが乱暴にノックされた。だが、この時間に先生が見回りに来ることはないと知っていたので、邦彦さんは慌てたりせず、無視することにした。どうせそのうち他の個室に移るだろう、とタカをくくっていたのだった。しかし、間もなくまたどんどんと乱暴にドアが叩かれた。ドアのみならず個室の間仕切り全体が揺れるほど、強くて激しい。邦彦さんは、自分が舐められているような気がして腹が立ってきた。不良生徒が多いこの学校でも、俺はちょっとした顔だぞという意識が、当時の邦彦さんにはあったのだという。私には理解できない感覚だ。

しつこくドアを叩き続けるやつに、「うるせえ、この野郎」と、あらん限りの巻き舌で邦彦さんはすごんだ。中にいるのが自分だとわかれば、外にいるやつは尻尾を巻いて逃げるはずだと思ったそうである。

邦彦さんが返事をした次の瞬間、けたたましい音とともにドアが外から蹴破られた。ドアを留めていた二箇所の蝶番がいとも簡単にはじけ飛び、内側に立っていた邦彦さんの身体ごと、タイル張りの壁に叩きつけられる。

壊れた扉をどけ、怒りを込めて外側にいるやつを睨みつけた。

そこにいたのは、四つん這いになった黒い獣だった。大きさとしては、ニュースなどで見る熊より少し小さい。邦彦さんの腰ぐらいの、大きめの犬ほどの背丈で、四本の脚らしきものはあるが、頭や顔が見当たらない。肩幅がおそろしく広く、一メートル近くはあった。獣というより真っ黒い毛の塊、という感じだ。そいつが、トイレのアンモニア臭も煙草の匂いもかき消すほどの、すさまじい悪臭を漂わせていた。鼻に突き刺さるような、酸っぱい匂いだったという。邦彦さんは、あまりの臭さに吐き気を催し、目にもしみて涙が滲みながら、こいつは何だという困惑と恐怖がないまぜになった感情に囚われていた。

そいつが、個室の内側にいた邦彦さんに向かって体当たりをしてきた。狭くて避けようがない。便器に足を突っ込むのも構わずぶち当たってきたそいつに、邦彦さんは壁に押しつけられた。どこか掴もうとしても、黒い毛がふわふわしているばかりで掴みどころがない。そのくせ、邦彦さんの鳩尾《みぞおち》あたりを押してくる感触は、石のように冷たくて硬いのだ。

横隔膜を押し上げられ、息ができなくなった。邦彦さんは「やばい、死ぬ」という危機感をおぼえたが、ぐいぐい押してくる力があまりに強く、抵抗できない。何ひとつ抵抗できないまま、邦彦さんは気を失ってしまった。

目を覚ましたときは、保健室のベッドの上だった。同級生が、壊れた個室の中で便器に顔を突っ込み、失神している邦彦さんを見つけてくれたのだという。

何が起きたのか聴取され、見たままのことを話したら先生は「そうか、わかった」と優しく微笑み、そのまま病院の精神科へ連れていかれ、カウンセリングを受けさせられたそうだ。

「幸い、強制入院させられることもなくすぐ家に帰れたし、学校にも戻って無事に卒業できたよ。それから五十年近く経つけど、あんなものを見たのは後にも先にもあん時だけだね。ああ、ひとつだけ変わったことがあって、あれから煙草は吸えなくなったね。あいつの臭いを思い出して、気持ち悪くなるんだよ。それから二度と吸ってない。これだけは五十年経っても変わらないね」

六十代半ばとなった邦彦さんは、日に焼けた精力的そうな顔をしかめて、こう話した。

私は、「あのう、念の為におうかがいしますが、吸っていたのは煙草なんですよね。トルエンとかではなくて……」と恐る恐る切り出してみた。

邦彦さんは、年齢を感じさせない、きれいに並んだ真っ白い歯をむき出しにして、にっと笑ってみせた。

おぼんどぼん

神沼三平太

塩沢さんの小学校時代の噂話に、〈夏休みに小学校のプールで泳いでいる人がいる〉というものがあった。どうもお盆の頃にだけ出現するらしい。

何人も見たという話が聞こえてくるので、自分たちも一度見てみようと、クラスの数人で徒党を組んでお盆の夜に小学校のプールに見に行った。

小学校の門をよじ登って侵入した。現在のようにセキュリティがあるわけでもない。

深夜の小学校には自分たち以外には誰もいない。

一人が「音がしたぞ」と耳打ちした。耳をそばだてると、プールの方からザバーンという水音がする。子供達は走り出した。

プールの中に人影がいた。その影はプールの端まで移動すると、すーっと垂直に浮かび上がるようにして水面に出てきた。水泳帽を被って、海パンを穿いている。

お腹がポッコリと出た、だらしない体型の中年のおじさんである。

「今、浮いてたよね」

「ただのおじさんじゃないぞ」

「幽霊かな」

子供達が興味津々で覗き見る中、おじさんはスッと頭上に掲げた両手を重ねた。

直後、ドボンと音を立ててプールに飛び込んだ。

水中を猛烈なスピードで泳いでいく。反対の端まで一瞬である。

そしてターン。鮮やかだった。

だがターンした直後、呆気に取られる小学生達を尻目に、おじさんの姿は見えなくなった。

プールに溜まった水は、ありえないほどに波打っていた。

当たってた

郷内心瞳

小野原《おのはら》さんが中学時代のこと。放課後に教室で、友人たちとこっくりさんに興じた。

誰もが半信半疑で始めたのだが、指先をのせた十円玉が、五十音を書きこんだ紙の上で勝手に動きだすと場は一転して盛りあがり、こぞって様々な質問をするようになった。

その中で山根《やまね》君という生徒が、「自分はどんな死に方をする?」という質問をぶつけた。

すると十円玉はまもなくゆるゆると動きだし、「と」と「し」の上で止まった。

とし

「なんだよ、単なる老衰かよ!」

固唾《かたづ》を呑みつつ答えが出るのを見守っていた一同から、笑い交じりの総ツッコミが入る。

山根君自身も「だったら長生きできて安泰だなあ」などと、苦笑しながら感想を述べる。

その後も雑多な質問をぶつけ、大盛況のうちにこっくりさんは終わった。


山根君が死んだのは、それから三月《みつき》ほど経った頃のことである。

休み時間に校内で、小野原さんたちと鬼ごっこをしている時だった。

山根君は勢い余って階段から転げ落ち、首の骨をへし折った。

すぐに病院へ搬送されたのだが、治療の甲斐なくその日のうちに息を引き取ってしまう。

彼の死後、だいぶ時間が経ってから、小野原さんは件の質問の答えを思いだした。

こっくりさんは「とし」だと答えたはずなのに、どういうわけかと訝《いぶか》しんだのだけれど、
辞書を引いてみたところ、こんな言葉が見つかった。

徒死。

無駄死に、あるいはなんの役にも立たない死に方を表す言葉である。

背筋に走る悪寒とともに、答えは当たっていたと思わざるを得なかったという。

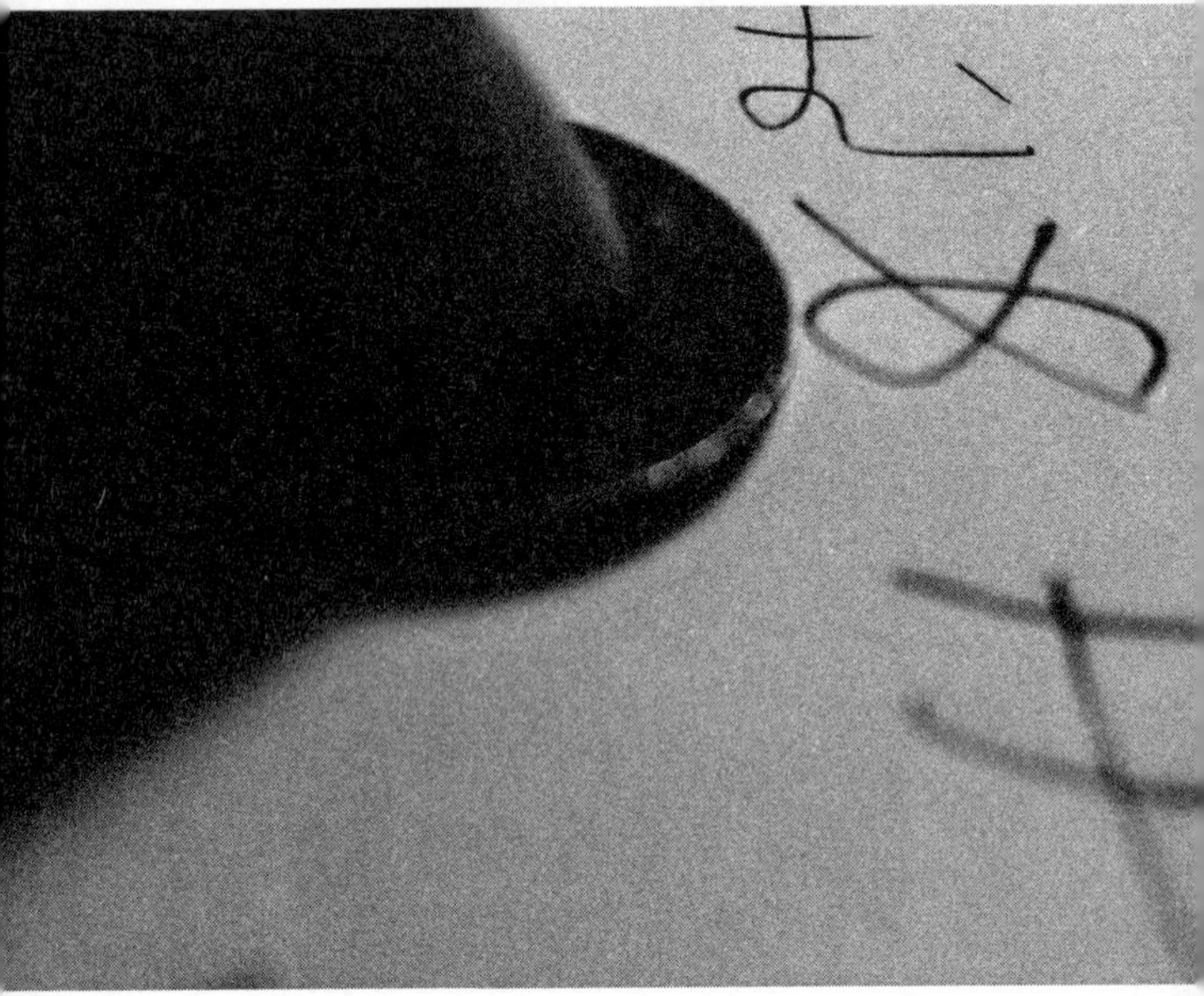

F高校

神沼三平太

都内のとある高校での話である。

「昭和の終わりの頃に、高校のすぐ近くのビルの建設工事に携わっていた作業員が事故に遭って亡くなったって言うんですよ。もう詳しい死因については分からなくて。先輩達は鉄板の下敷きか、クレーンに引き摺られたかのどっちかだって言うんですけどね」

今から三十年以上前のことである。記憶も風化する。学内での事故なら正確な話が伝わるのかもしれないが、近隣の事故である。最早どのビルがその事故の現場だったかも風化している。

「で、その作業員のおじさんが、夜になると校舎を巡るっていうんですよ。高校とは全然関係ないのに」

「その噂なら知ってるよ」

清丸さんは、俺の同級生にそのすぐ近くの小学校に勤めている奴がいるんだよと前置きして教えてくれた。

その先生の勤めるT小学校からはF高校の校舎の中が見えるのだという。

「昔は宿直室なんてものがあったんだけどね。今はもう警備会社に頼んじゃってるし、無人警備だから、侵入者が出たときとか警報が鳴ったときにだけ、警備員が来るってことになってるんだ。だから時間を過ぎたら帰るんだけど、それでもごく稀に先生の帰りが凄く遅くなることはあるらしいんだ」

その先生は、帰りがけに廊下を歩きながら、何げなくF高校のほうに視線を送った。

すると廊下を男性が歩いている。

高校の明かりは消えていて真っ暗にもかかわらず、何故か男性が作業着を着ていることまで分かった。

巡回をしているのであれば、懐中電灯を使うだろう。残業の先生なら廊下の明かりを点けるだろう。

何か見てはいけないものを見てしまったような気持ちになり、彼は急いで帰宅した。

翌日、同僚の先生に、昨晩見たものについて漏らした。すると同僚は、お前も見たのかと言って教えてくれた。

「昔、近くのビルで事故に巻き込まれて亡くなった作業員だろ。聞いていないのか？」

その作業員による巡回は、三十年以上に亙《わた》って毎晩ずっと続いているのだという。

家庭訪問

郷内心瞳

今からだいぶ以前の春。志保《しほ》先生が赴任したばかりの小学校で、こんなことがあった。

一学期が始まってまだまもない、家庭訪問の時である。

午後の早い時間から教え子たちの家を回ったのだが、予定はしだいにずれこんでいった。

五分だった遅れが十分の遅れとなり、十分の遅れがやがて三十分の遅れになっていく。

内心焦りながらも保護者の話を丁寧に聞いていると、時間はさらにずれていった。

結局、最後に訪問を予定してた家庭に着いたのは、約束の時間を一時間以上も過ぎた頃。

西の空が赤く染まり、そろそろ日暮れも近い夕方六時過ぎのことだった。

最後に約束していたのは、心美《ここみ》ちゃんという娘の家である。

直前に訪ねた家では大目玉を喰らったばかりだったので、緊張しつつ呼び鈴を鳴らす。

すぐに「はーい!」と声がして玄関戸が開き、中から心美ちゃんのお母さんが出てきた。

「あれ先生、何かお忘れ物ですか?」

志保先生の顔を見るなり、お母さんは怪訝そうな顔で訊いてくる。

お母さんの話によれば、少し前に自分が訪ねてきて、今しがた帰ったばかりだという。

「そんなはずはないですよ」と否定したが、彼女の顔は真剣だった。

「先生、来たよ。変なおじさんに気をつけてねって、何回も言ってたよ」

お母さんのうしろからひょっこり顔をだした心美ちゃんも、口を揃えて答える。

「そうそう、さっきの話ね。あんまり何度も言われますと、娘も変に委縮してしまいます。ああいう注意は、普段の心がけ程度でいいんじゃないかと思いますよ」

心持ち唇の先を尖らせ、お母さんがやんわりと意味の分からない釘を刺してくる。

まるで身に覚えのない話だったが、その場の空気に気圧され、困惑しながらも謝罪した。

それから四日後。心美ちゃんが学校を休んだ。

前日の下校途中、不審者に襲われ、しばらく自宅療養することが決まったのだという。

幸い命に別状はなかったが、心と身体に重大な傷を負ったと校長から聞かされた。

「どうして知っていたんですか!」

心美ちゃんのお母さんに泣きながら詰め寄られたが、志保先生に返す言葉はなかった。道理も分からずじまいで、今でもずっと心に引っかかっている一件だという。

命中

つくね乱蔵

仁科君は学生時代、アーチェリー部に所属していた。
秋の対抗戦を控えた夏合宿では、早朝から夕方まで猛練習に明け暮れた。
それは合宿の最終日。
皆は一足先に合宿所へ戻っている。
そろそろ終わりにしようと放った最後の一矢は、会心の一発だった。
矢は三十メートル先に据えられた標的の中心に向かって、真っ直ぐに飛んだ。
当たるかと見えた瞬間、標的の前に何かがフラフラと迷い込んできた。
声を上げる間もなかった。
矢は闖入者《ちんにゅうしゃ》を射抜き、そのまま標的のど真ん中に突き刺さった。
「うわっ。えらいことした」

慌てて標的に駆け寄った足が止まった。
仁科君の矢が標的に縫いつけたのは、髷《まげ》を結った生首だった。
生首は、髷に刺さった矢を抜こうともがいている。
そのうち、ブッツリと髪が切れた。
ザンバラ髪になった生首は、仁科君を一睨《にら》みすると森の中に消えていったという。
「だから、あの辺りでザンバラ髪の生首を見たら、それは俺のせいなんです」

うたた寝

平山夢明

高校時代、Dは午後の授業をまともに聞いた記憶がない。彼の高校は一科目が九十分で一日に三授業しかなかった。午前はなんとか頑張っても、午後は昼飯を喰うと睡魔に襲われ、一時からの九十分が耐えられないのだという。

県内トップレベルの成績を上げている部活にいたせいか、教師も敢《あ》えて酷《ひど》く叱るようなことはなかった。故にDは腹がはち切れるほど昼飯を喰うと、午後は消化と部活のための体力温存に努めるのだ。

うたた寝という彼の睡《ねむ》り方は大胆だった。教科書を拡げた上にふかふかのタオルを敷き、顔を載せる。すると忽ち睡魔がやってきた。このときに見る夢が面白いのだという。

D曰く、夜の夢とうたた寝の夢は全く違うのだそうだ。授業中に見る夢は思った以上に〈ダリ〉的だと彼は云う。つまりサイケで突拍子もないようなことが次から次へと起こることが多い。だから、寝てるといえども結構アクティブなんすよ、部活前のウォームアップというか、そういうことらしい。

そんなある時のこと。いつものように授業中の惰眠を貪っていると、Dは森の中に居た。そして仙人に逢った。仙人は、おまえは人間としても男としても、とてもとても深く深く愚かであるから、この洞窟を通って抜けられるかと云った。到底、抜けられまいとも云った。それはおまえが人間の屑だからじゃと云った。

Dは夢の中で猛烈に腹が立った。それほど莫迦じゃない。見てろ、と目の前に現れた洞窟に入りどんどんと進んでいく。進むうちに、その幅が次第次第に狭くなってきた。狭くなり身動きがとりづらくなるほど、〈なるほど、壁に金が埋まっているのだな〉という思いが強くなった。おれの我慢と根性が、壁の金に生まれ変わっているのだという気持ちになった。そのうち、どうにも身動きができぬほど狭くなってしまった。

もう前後も左右も壁に迫られて進めない。しかし、いずれも金色だ。金だ。これは全部、おれの根性が創り上げたものなのだと嬉しくなった反面、どうやって脱出しようかと迷った。

するといきなり、〈喰えばいいのだ〉という結論が頭の中に落ちてきた。

金を、喰えば喰った分だけ腹に溜まる。家に持って帰って母親に見せれば大喜びするだろうし、おれも洞窟から抜け出ることができて助かる。まさに一石二鳥だとほくそ笑み、Dは目の前の壁に噛みつきだした。噛みついて噛みついて噛みつきまくっているうちに、次第に人の声がしてきた。

出口は近いと思った。なるほど、あの仙人め、ただ歩いて洞窟を抜けさせるだけでは足りぬと見えて、敢えて金を喰わせる正解を用意していたのか、と至極、夢のなかのDは納得しつつ、さらに噛みつきつつ前に進んだ。やがて聞こえていた声が子供のものだとハッキリわかるほどになった。もう薄皮一枚で洞窟を出られるのだ。

最後のひと囓りふた囓りをした瞬間、壁がすっぽ抜け、顔の左半分だけが露出するように空気に触れた。——まさしく、しゃがみ込んだ小さな子供が自分を見下ろしていた。その手にはスコップが握られていた。

Dの左目は見上げるような格好で子供と目が合ったので、驚かせてはいけないと〈ようう〉とばかりにニッコリ微笑んだ。

子供は立ち上がるといきなり、Dの顔を思い切り踏みつけた。

リアルな激痛にDは悲鳴を上げて飛び起きた。

そこは授業中の教室で、さすがにその時は〈顔を洗ってこい！〉と教師から怒鳴りつけられた。周囲の失笑を背に受けながら洗面所へ行き、顔を洗ったDは鏡に映った自分の顔を見て驚いた。左側に靴の痕が赤くくっきりと残っていたのだ。

それは子供の上履きの痕だった。

放課後、夢の体験を話すDのことを誰も本気にはしなかった。偶然だと云うのである。

Dにもリアルな夢だったという以上の反論はできない。

なんだかモヤモヤしたまま部活動を終え、校門を出た。

帰り道、不意に声をかけられた。見ると陸上ホッケーをしている同級生だった。

Dの隣の列に座っている彼も、D同様うたた寝派だった。

おれ、見たぜ、と彼は戸惑い気味に云った。

なにが、とDが問うと、
おれもそろそろ寝ようかと思っていたら、おまえの姿が目に入ったんだ。そしたら……

机に顔が半分埋まっていた。

なにかの見間違いだろというDに彼は、おれも驚いて何度も見直したから間違いない、とキッパリと云いきった。

靴痕はふた月ほど残っていたという。

二年C組の供養

つくね乱蔵

松野君が通う高校は、文化祭に力を入れていた。

クラス毎の催し物は、アンケートにより順位を決められ、一等にはトロフィーまで用意される。

各クラスとも創意工夫を凝らし、一位を競い合ったという。

とはいえ、飲食関連は全て禁止であり、どうしても似たようなものが多くなる。

高校生活最後の文化祭をどうするか、松野君のクラスでも色々な意見が交わされたが、結局のところお化け屋敷に決定した。

勿論、ただのお化け屋敷にする気はない。

来場者がまず出会うのは葬儀会場だ。なんと、自分自身の葬式を体験できる。

名前を告げた後、用意された棺桶に横たわると、蓋を釘付けされる。

言うまでもないが本当に釘を打つわけではない。それらしい音と振動に合わせて数カ所をフックで止め、さらにガムテープで補強する為、開けようとしても動かせない。

まずはそれで不安にさせる。そしていよいよ葬儀が始まる。

読経の音声を流しながら、一人あたり二分程度。

中に入った者は暗闇の中で、己の死を悼む声や泣き声を聞かされる。

殆どの来場者は笑いながら出てきたが、中には青ざめる者もいた。

教室は中央付近を暗幕で仕切られており、隣には墓場が用意されている。

全部で十基、いずれも段ボール製の手作りだ。かなり大きなものだが、これは中に人が隠れているからである。

来場者が適当な墓を選んでお参りしていると、いきなり手が現れる仕掛けだ。

一時間に数回は、墓から出てきた死者が全員で見事なダンスを見せるといった具合で、行列ができるほどの評判を呼んだ。

二日間を無事に終え、後片付けの休憩中に松野君は回収したアンケート結果を読んでいた。

何枚か妙な回答を見つけた。

『お墓で聞こえてきた女の子の泣き声がリアル過ぎて怖かった』

『泣き声マジ怖いし』

松野君の担当は葬儀会場であり、墓地の方は設置も演出も関わっていない。

誰かが気を利かせたとしたら、なかなかなものだ。

当事者を知りたかったが、とりあえずは後片づけだ。

松野君は暗幕をたたみ始めた。ふと見ると、一人が墓の前に座り込んでいる。

「島田、さぼんじゃねぇよ」

仲間が軽く小突いたが、振り向こうともしない。

ひたすら両手を合わせ、南無阿弥陀仏と繰り返している。

「いや、もういいから。つまんない冗談すんなってば」

それでも止めようとしない。三分近く念仏を唱和し、ようやく両手を解いた。

島田は焦点が合わない目で仲間を見渡し、ぽつりと言った。

「このお墓は壊しちゃいけない。中に女の子がいるから」

全員が一瞬沈黙し、次に爆笑した。

「はいはい分かった分かった」

苦笑しながら一人が墓に手をかけ、いきなり悲鳴をあげてうずくまった。

見ると、触った指が急速に腫れ上がっていく。

「だから無理矢理動かそうとしちゃだめだって」

相変わらず島田が感情のない声で言った。

それに苛ついたのか、もう一人が墓に向かった。

「だったら蹴り飛ばせばいい」

言うが早いか右足を繰り出す。結果は同じであった。爪先を押さえ、苦しんでいる。

再びクラス全員が沈黙した。その沈黙を打ち破るように、墓石から女の子の泣き声が聞こえてきた。

「すごく怒ってる」

そう呟いて、島田は墓の前に座り直し、再び念仏を唱え始めた。

一人、また一人とそれに続く。気が付くと全員が声を揃えていた。

「すいませんでした。これから毎日供養しますから、とりあえず墓を移動させてください」

島田が丁寧にそう頼むと、泣き声が止んだ。

松野君は恐る恐る近づき、墓を持ち上げてみた。

「あれ。何か入ってる」

取り出した物を見て、三度、全員が沈黙した。

美しい布に包まれたそれは、どう見ても骨壺であった。

いつ入れられたのか見当もつかないが、そのままにもしておけない。

遺失物として先生に届けようと決まった途端、またもや女の子が泣き始めた。

今度は全員の頭の中に直接響いてきたという。

先程と同じ要領で、島田が骨壺に話しかける。どうすれば納得できるのか、選択肢を提示していった。

その結果、骨壺は島田のロッカーに安置され、毎朝交代で供養することになった。

その週の供養係を決め、一日も休まずに続いたという。

卒業式の日、島田はロッカーから取り出した骨壺に優しく話しかけた。

「これからは僕が毎日、供養するからね。さあ、一緒に帰ろう」

皆が感謝する中、島田は骨壺を撫でながら悠然と出ていった。

その年の夏。

帰省した松野君は、街角で島田に出会った。

再会を懐かしんだ後、気になっていたことを訊く。

島田は底抜けの笑顔を見せて答えた。

「ああ、あれか。電車ん中に忘れちゃった」

災いなどは一切起こっていないそうだ。

シャワー室

黒木あるじ

中学三年生の夏であったという。

部活を終えたユウジ君は、部室のシャワー室で汗を流していた。

「きょうはしんだひ」

突然真後ろで女の声がして、思わず身をそらせて振り返った。

誰もいなかった。

洗う身体を失ったシャワーの水流が、壁に叩きつけられているだけだった。

気のせいか。

ほっと息を吐《つ》いて、洗いかけの頭へ手を伸ばす。

「え」

指先に、長い髪の毛が何本も巻きついていた。

有り得なかった。

ユウジ君は野球部で、五分刈りなのだ。

シャワー室を飛びだすと、身体もろくに拭かないまま服を着てその場から逃げた。

後日、顧問の先生に、あのシャワー室で過去になにかあったのか訊ねたが、「知らんほうが良い」としか教えてくれなかった。

彼の卒業後、すぐにシャワー室は使用禁止になったと聞いている。

静かな子

つくね乱蔵

藤田さんの一人娘である愛奈ちゃんは、今年で十歳になる。

藤田家自慢の娘である。明るい性格で、人に優しく、見た目も可愛らしい。

その愛奈ちゃんの様子がおかしい。いつ見ても悲しげな顔で考え込んでいる。

理由を訊くと、その時だけは笑顔を作るのだが、無理をしているのは明らかだ。イジメではないかと夫に言われ、藤田さんは不安になった。

明るく優しく可愛い子でも、イジメの対象に成りうるだろう。むしろ、狙われやすいかもしれない。

藤田さんは愛奈ちゃんを優しく抱きしめながら、全てを話すように促した。

愛奈ちゃんは涙をこぼしながら、ようやく打ち明けてくれた。

残念ながら夫の予想通り、悲しげな顔の理由はイジメであった。

だが、よく聞いてみると、愛奈ちゃんがイジメられているわけではなかった。

最近、転校してきた女の子がイジメの被害者らしい。

愛奈ちゃんは何もできない自分を悔いていたのである。

藤田さんは愛奈ちゃんの優しさに瞳を潤ませながら、話の先を促した。

その子は登校してから下校するまで、一言も喋らないのだという。

授業中でも、ずっと下を向いて黙っている。隣の席だから、状況は手に取るように分かる。

皆が関わろうとしない。担任の先生は何か知っているらしく、授業でもその子だけ飛ばす。

そんなある日、誰かがふざけて頭に雑巾を乗せた。それが始まりであった。

雑巾は生乾きの状態であり、上半身が悪臭にまみれてしまった。

そんな状況でも、その子は文句が言えずに黙って俯いているだけなのだ。

どうにかしてあげたい、守ってあげなければ。でも、自分一人では何の力にもなれない。

そう言って愛奈ちゃんは涙をこぼした。

藤田さんは、もう一度愛奈ちゃんを抱きしめた。

「そう言えば名前は？」

「宗近朱葉ちゃん」

ムネチカアゲハ。藤田さんは違和感を覚えた。珍しい名前だからではない。何故だか、その名前は知っている。それは確か——。

藤田さんの記憶の底から、宗近朱葉が浮かび上がってきた。自分が五年生の時だ。隣に座っていたあの子。

学校に来ても何も喋らず、いつも私をイライラさせていたあの子の名前だ。

一日中ずっと俯いたままで、からかうとポロポロ泣いて。鼻水を垂らしたから、雑巾で拭いてやった。

雑巾が汚れるわなどと、酷いことを言った。泣くのが面白くてやめられなくなっていた。

顔に落書きもした。太腿に安全ピンを刺した覚えもある。髪の毛を滅茶苦茶に切った時は、身体を震わせて泣いていた。

記憶が一気に蘇り、藤田さんは思わず呻《うめ》いてしまった。

偶然の一致だ。そうに決まっている。怪訝そうな顔で見つめる愛奈ちゃんに、その子の容姿を訊いた。

「なんか油でも塗ってるようなベタベタした長い髪なの。目が細い。眉毛はすごく薄いから無いように見える。がりがりで」

同じだ。あの時の朱葉と同じ。もしかしたら左手に火傷《やけど》の痕が。

「それとね、左手に火傷の痕があるの」

そんな筈はない。偶然。偶然の一致。だってあの子は自殺したんだもの。生きていたとしても、私と同い年。

絶対に有りえない。

とにかく今は、愛奈を助けなければ。そう決めた矢先、藤田さんは愛奈ちゃんの担任から呼び出された。

担任は沈痛な面持ちで言った。

「ええとですね、愛奈さんの様子がおかしくてですね。御家庭で何かお心当たりがないかと」

藤田さんは話を聞いて驚いた。

愛奈ちゃんは学校にいる間、一言も喋らないというのだ。

じっと俯いたまま、身じろぎもしない。それだけではない。

軽い自傷行為が見受けられるという。

顔に落書きをした時は笑いごとで済んだのだが、昨日は太腿に安全ピンを突き刺してしまった。

藤田さんはまともに会話ができなかった。ようやく訊けたのは、宗近朱葉のことだけである。

「宗近朱葉などという子はいませんが。そもそも、今年に入ってから転校してきた子はいませんよ」

担任は学年全部の連絡網を見せてくれたが、確かに言う通りであった。

藤田さんは、うなだれて面談室を出た。隣は理科室である。薄暗い教室の中に女の子がいた。顔が見えないぐらい俯いて座っている。

けれども、それが誰か藤田さんには分かった。宗近朱葉だ。

そこから玄関までの全ての教室に朱葉が座っていた。

既に帰宅していた愛奈ちゃんを座らせ、藤田さんは学校であったことを話した。

愛奈ちゃんは俯いて黙ったままだ。スカートから覗く太腿には、確かに刺し傷がある。

結局、愛奈ちゃんは何も喋らなかった。

それのみならず、学校でも家でも一言も話さなくなった。

それでも学校には行く。行って、自らを傷めつけて帰ってくる。部屋に閉じ込めたいのだが、自殺しそうで怖いのだという。

ここ最近、藤田さんは愛奈ちゃんの声を聞いたことがない。

理科室

黒木あるじ

マジマさんは小学生の頃、〝オカルト博士〟を自称していたのだという。

「兄貴の持っていた漫画の影響で、呪術とか秘法とかそういう怪しげな力に凝《こ》っちゃって。仲良しだった同級生のシゲって奴と、しょっちゅう実験してたんだよ」

だが、幸か不幸か実験はことごとく失敗に終わっていた。

多数の虫を一カ所に集めて殺し合いをさせ、生き残った一匹を用いるという「蠱毒《こどく》」は、用意した壺からほとんどの虫が逃げ出してしまったし、悪魔を呼び出そうと校庭に六芒星《ろくぼうせい》を描いていた時は途中で夕立ちが降りはじめ、すべてを掻き消してしまった。スプーン曲げはものの見事に一本も曲がらず、念写にいたってはフイルムをことごとく駄目にして、父から烈火の如く怒られる始末だった。

同級生のシゲは最初のうちこそ「すげえな、マジマ君は物知りだなあ」と感心していたが、やがて呪術がことごとく失敗するに及んで、あからさまに侮蔑の目を向けはじめた。

「どうもシゲは〝これだけ色々やって成功しないのは俺の力不足じゃないか〟という疑惑を持ちはじめていたみたいでさ。日を追うごとに見下した感じが強くなってきたんだよね」

このままでは〝オカルト博士〟の沽券《こけん》にかかわる。下手をすれば優秀な助手であるシゲを失いかねない。

危機感を覚えたマジマさんはある日、ついに「禁断の実験」へ着手した。

「蘇生術。死体を蘇らせるという、アレだよ」


職員室からこっそり拝借してきた鍵を差しこむと、理科室の扉はあっけなく開いた。

「ねえ……止めようよ。見つかったら叱られるってば」

戸口の前で躊躇《ためら》っているシゲを室内へ引きずりこみ、小声で囁く。

「バカ、放課後の理科室になんか誰も来ないよ。それよりシゲ、覚悟はできてるか。世紀の大実験をその目で見られるんだぞ」

内鍵をかけながら、マジマさんは「例のブツを棚から取り出してくれ」と命じる。シゲが、うんざりした表情で実験器具をしまっているスチール棚へ近づいた。

扉を開けると、アルコールランプやピペットに混じって、液体がなみなみと注がれているガラス瓶が並んでいた。シゲは一度マジマさんをちらりと見てから、あきらめたように瓶のひとつを掴んで机の上に置いた。

波打つ液体の中で、鶏のササミに細い手足をくっつけたような塊《かたまり》が揺れている。カエルのホルマリン漬けだった。

「今からこのカエルを、俺の会得《えとく》した術で生き返らせてみせるからな。シゲ、これが上手くいったら俺らは大金持ちになれるかもしれないぞ」

高らかに宣言すると、マジマさんは手製の「秘術ノート」を鞄から取り出して、メモした内容に沿って儀式をおこないはじめた。

「今思えばメモの中身はてんでデタラメだった。オカルト本や漫画から寄せ集めた〝死者を蘇生する方法〟を適当に混ぜたものだったからな。まあ、当時は本気だったけれどね」

数字を書いた紙を瓶の下に敷き、悪魔に契約を促す。猫の絵を描いた護符を瓶に貼りつけ、九字を切る。魔法の本から書き写してきた呪文は、発音が難しくて途中で読むのを止めた。

「そのあたりでシゲはため息をついてたけれどね。こっちには秘策中の秘策があったから」

庭で死んでいたヒキガエルをミキサーにかけ、天日で干して粉にした特製の「ゾンビパウダー」。その粉を理科室の四隅に撒いた途端、室内にドブの水を茹でたような臭気が満ちた。

古今東西、あらゆる秘術の「ごった煮」を試し、最後に「オリジナル」の呪文を唱える。

「……ゾメドラゾメドラ、デスゴラ、ゼノーバーッ！」

絶叫に近い暗唱が終わると、理科室に寒々しいほどの静寂が訪れた。

だが、いつまで待っても瓶に変化はなかった。ホルマリンの中でたゆたっているカエルは、微塵も動く気配がない。のど自慢の不合格を知らせるように、チャイムが鳴った。

「……もう、帰って良いかな」

シゲがやや憤《いきどお》った口調でマジマさんに問いかけた。

「待て、こういうのは結果が出るまでちょっと時間がかかるんだよ。あと少しだけ」

「少しってどのくらい？　十年？　百年？　マジマ君、いっつもそんなじゃん。失敗しても言い訳ばっかりで一度だって成功した事ないじゃん。時間の無駄だよ」

シゲの台詞《せりふ》に、マジマさんは口を噤《つぐ》まざるを得なかった。

「……ごめん。帰ろう」

険悪な空気が流れるなか、鞄にノートやゾンビパウダーの残りをしまう。シゲは口を固く結んで、なにも喋ろうとしない。

「もう……こういうのやらないから。誘わないから。ごめんな」

マシマさんの言葉にも、シゲは答えなかった。

二人の友情も終わったかな。そりゃそうだよな。カエル、死んだままだもんな。

涙を必死に堪《こら》えながらガラス瓶を棚に戻した、その瞬間だった。

がたん。

目の前の棚が小さく揺れた。

虚をつかれて固まっているうちにも、棚は小刻みに振動を繰り返している。

「じ……地震?」

そろそろと振り返ったマジマさんに、背後にいたシゲが「違う、気がする」と呟いた。

「だって」

シゲがこちらへ指をさす。促されるように、再び棚へ向き直った。

「へ」

カエルの脇に並んでいるホルマリン漬けの瓶。

その中身が、一斉に動き出していた。

クラゲのように液体を上下する眼球、瓶を蹴破らんばかりに収縮を繰り返している心臓。

ハツカネズミは手足をばたつかせてホルマリンの中を泳いでいた。

棚の上に置かれた剥製のキジが羽音を立てた瞬間、二人は争うように理科室を飛び出す。

走る二人の背後でガラスの割れる音が聞こえたが、振り返るつもりはなかった。

「翌日の朝礼で、理科室の機材が誰かに壊されたと校長が怒ってたよ。もちろん俺もシゲも黙っていたからバレなかった。まあ言ったところで信じてもらえなかっただろうけどね」

呪術が成功しちゃいました、なんてなあ。

マジマさんは苦笑すると、恥ずかしそうに頭を掻いた。

その日を境に、彼の「オカルト熱」は憑き物が落ちたように醒めてしまったそうだ。

シゲとは、今でも親友だという。

遅刻厳禁

つくね乱蔵

娘がまだ幼稚園に通っていた頃の話。

幼稚園の送り迎えは保護者がすることになっていた。

その日は遅刻してしまった。そのせいか、いつもの教室に娘の姿がない。

先生に居場所を訊くと、迎えを待つ子供同士が遊ぶ部屋があるという。普段はあまり使われていないのだが、迎えが遅れた子供が多いときにだけ開放するらしい。

教えられた部屋に急ぐと、そこには保護者を待つ数人の子供達がいた。

一人遊びが楽しい年齢であるためか、それぞれが勝手に積み木や絵本で遊んでいる。

その中に娘の姿があった。

娘は手にボールを持ったまま、壁に向かって座っていた。

「ごめんごめん、沙也ちゃん。父さん、寝坊しちゃった。さ、帰ろ……」

呼び掛けに振り向いた娘の様子に、驚いて言葉が続かなくなった。

歯を食いしばり、泣くのを必死に堪えている。

「どうしたの、沙也」

駆け寄ってきた娘は、息を整えるとこう言った。

「おばけがね、いるの。やっつけてたの」

一人遊びには想像上の役どころというものがある。

つまりはゴッコ遊びという奴だ。

他愛のない子供の想像であるが、少し付き合ってみることにした。

「おばけ。それは大変だ。先生に言わなくて大丈夫?」

「だめなの。とうめいおばけだから、せんせいには、みえないの」

「うわぁ、透明なんだ。それじゃ、沙也ちゃんにも見えないでしょ? どうやっておばけがいるってわかったの」

「あのね、みててね」

娘はそう言うなり、床に転がっていたボールを壁に向けて投げつけた。

ボールは壁には当たらず、何もない途中の空間で跳ね返った。

以来、二度と遅刻しないと決めた。

校内新聞

葛西俊和

アラタ君は高校生の頃、新聞部に所属していた。

「僕の学校は風紀に厳しくて、普段は連絡事項や平凡な活動記事しか書くことを許されていなかったんです。それが二年生の時、文化祭で校内新聞の特別号を出すことが決まったんです」

特別号では娯楽性の高い記事を書くことが許されていた。普段、書きたいことを書けずに鬱憤《うっぷん》が溜まっていた部員たちは大いに沸き立ち、記事を決める会議に向けてとびっきりの企画を考えようとそれぞれの班は意気込んでいた。

「僕たちの班は心霊特集を組むことにしたんです。当時、学校内ではオカルトブームになっていたし、何より新聞部の部長は怪談が大好きな人だったもので。企画も通りやすいかなと思って」

アラタ君の班は同学年の三人組で構成されていた。三人で時間を合わせては学校や地元の各所に取材に出向き、怪談話や目撃談を集めては企画の方向性を定めていった。

企画内容がほぼ決まった頃、このままでは記事として地味だという意見が出た。

「文章とイラストだけではいまいち目立たない、目玉になるものが必要だと思ったんです」

そこで、心霊写真を掲載するという案が出された。特別号の校内新聞は何面にも分かれており、写真を載せるスペースも充分にある。心霊写真で記事に目を惹くのはうまいやり方だ。アラタ君たちはさっそく、ネタになりそうな心霊写真を探し始めた。

「でも、地元の知り合いや友達に聞いて回っても、なかなか見つからなくて。行き詰まってしまったんですね。考えてみれば、心霊写真なんてそうそう見つかるものでもないですよね」

アラタさんは、デジカメを見て思いついた。そうだ、無いのなら作ってしまおうと。

「僕は写真を撮るのが好きだったので、写真編集ソフトも持っていました」

ソフトを使えばかなり精巧な心霊写真を作ることもできる。面白い記事を作るのなら、それもありだろうとアラタ君は作成作業に取り掛かった。

作成には一週間かかった。校内や地元の神社を撮影した写真に赤みをつけて、影のようなものを写りこませたり、彩度や光源を調整して目や口を黒く塗りつぶした半透明の女性を合成したりと、工夫を凝らした心霊写真もどきを五枚作り、USBメモリに保存して部室へ持ち込んだ。

「昼休みに班の仲間を呼んで、三人でチェックしたんです」

部室のパソコンを皆で覗き込み、アラタ君は作ってきた合成写真を披露した。

高いクオリティに二人は驚き、これはいけると喜んでいたのだが。

五枚目の合成写真を見終わったときに、再生プレーヤーの矢印が次の画像へ進めることを示しているのに気が付いた。フォルダの中には作成した五枚の画像データだけしか入っていないはずなのだが、クリックすると長めの暗転の後に粗い画像が現れた。

それは部室でパソコンを覗き込む三人を撮影したものだった。横顔になっていることから、それは部室の入り口から見たアングルで撮られたものだとわかった。

「なあ、これ誰が撮ったんだよ……」

まるで覚えのない写真だ。それに、この服装や姿勢。今、パソコンの前にいる自分たちとまったく同じじゃないか。

「これさ……」

アラタ君が言おうとした瞬間、パソコンのファンが急に高速回転を始め、大きな音を立てた。ガリガリとハードディスクのノイズと共に画面が滲み、画像が乱れた。

無数に現れた黒点から滲み出すようにして、三人の背後に黒い影が映し出された。それはゆっくりと画面の中で動き、アラタ君の肩に手を伸ばしていた。

三人は駆け出し、部室から逃げ出した。

「放課後になるまで部室には戻れなかった。怖くて、他の部員も集めてやっとパソコンを確認しに戻れたのだけど」

部室の中は滅茶苦茶に荒らされていた。本棚からはすべての本が床に落ち、椅子もあちこちに倒された状態だった。部長と共にパソコンを確認すると、作成した合成写真のデータはクリックしても文字化けした警告が出るだけで、すべて壊れていた。

「その日のうちに、家のパソコンに保存したデータもすべて削除しました。これ以上おかしなことが起きてはいけないと思って」

文化祭の特別号には、教職員が飼っているペットの特集記事を載せることになったという。

呼び出し

黒 史郎

中学時代の中津川さんは授業妨害の常習犯だった。

茶々を入れたり、下ネタを叫んだり、立ち上がって先生の物真似を始めたり、とにかくよく授業を脱線させた。理由は子供じみて単純であり、とにかく目立ちたいから。勉強もスポーツも得意でなかった自分が唯一、人から注目される場だったのだ。

そういった妨害行為は、生徒を叱らない穏やかな先生の授業に限っていた。

とくに美術の授業は妨害し甲斐があった。美術教師の大山は四十代の独身男性。何をしても怒らないうえに反応がいちいち面白い。中津川さんが授業中にふざけたことをするたび、「アアーッ、おどろいたァッ」と素っ頓狂な声をあげ、オネエみたいなリアクションをする。これを引き出せるとクラスでは大爆笑が起こり、中津川さんはヒーローになれる。

だから、美術の授業は楽しみだった。

その日も美術の授業中、中津川さんは大声で騒いでいた。

そろそろ爆笑を巻き起こしてやろうと悪ふざけのボルテージを上げていく。

ところが、大山はいつもと違う反応を見せた。

顔を真っ赤にし、教卓をバンバンと叩いて怒りを露わにしたのだ。

「もうーっ、中津川さんは喋っちゃダメです！」

こんな大山を見たことがなかったので少々面食らったが、怯む中津川さんではなかった。

むしろ、これは新展開だと楽しくなってしまったのだ。

――オーケイ、喋らなけりゃいいんだろ。

大山が黒板に向いている時、中津川さんはわざと鉛筆を落とした。

かんからん。乾いた音が響き渡る。

転がっていった鉛筆を拾いに行き、席に戻る途中、またこれを落とす。

拾って席についたら、すぐに鉛筆を落とし、拾いに行く。

これを何度も繰り返したのだ。無言の授業妨害である。

鉛筆の落ちる音が響くたびに大山は振り返り、大きな咳払いをした。

明らかに苛ついていた。

大山が黒板に向いている間にそっと席を立った大山さんは、みんなもやれとジェスチャーでクラスメイトたちに伝える。

すると、男子のほぼ全員が一斉に鉛筆を床に落とした。

二十本近い鉛筆が、床を跳ねて転がった。

「あああああ！」

大山は甲高い声を上げ、頭を掻き毟りながら教室から出ていった。

「今のはさすがにヤベェんじゃねぇの」「男子サイアクなんだけど」「ああいうのが一番怖いんだって」「包丁もって戻ってきたりしてな」

みんな、ざわつきだした。女子たちは男子たちに非難の目を向けている。

「俺、大山に殺されたりして」と中津川さんはおどけてみせたが、クスリとも笑いは起きず、教室には只々、不穏な空気だけが流れていた。


放課後、中津川さんは大山に呼び出された。

無視して帰ってもよかったが、親を呼ばれても面倒だ。渋々、美術教室へ向かった。

だが、大山は教室にいなかった。

「ふざけんなよ」

壁を蹴ると、椅子に座って机に突っ伏した。

しばらくそうしていたが、大山はやってこない。だんだん眠くなってくる。

もう帰ろうと顔を起こすと、妙に薄暗いことに気づく。

外はまだ日も暮れていないし、蛍光灯も全てついているのだが、まるで日陰の中にいるように教室内が翳《かげ》っている。

なにげなく黒板側に視線を振った中津川さんは、ビクンと肩を震わせる。

教卓の真上に白いものが浮いている。

なんだろう。ひと目では、それがなにかはわからない。

じいっと見ていると、だんだんとそれがなんなのかわかってきた。

白い布で顔を覆った、人の首だ。

目鼻の凹凸が布越しにわかる。内巻きの長い黒髪が、風もないのにひらひらと揺れていた。

叫び声を上げながら美術教室を出ると、その勢いのまま職員室へ飛び込んだ。

苛立った表情の大山がいた。彼は美術教室ではなく、職員室で待っていたのだ。

まず素直に謝罪した中津川さんは、美術教室で見たことを興奮気味に伝えた。

真剣に伝えたつもりだが、大山の反応は微妙だった。それが本当なら、見たことをリアルに描いてきなさいと宿題を出されてしまった。それが今回の件のペナルティだという。

やはり、虚偽だと受け取られ、まだ反省していないと思われているのだ。

問題児の狼狽する様子に職員室では笑いが起こっていた。


帰宅すると、自分の部屋でしばらく真っ白なスケッチブックを見つめた。

薄暗い美術教室に浮かぶ、布で顔を隠した人の首。

見間違いや夢のせいにはできないほど、生々しく記憶に焼きついている。

あれはなんだったのか。思い出すと吐き気がする。

どうして、あんなものを描かなくてはならないのか。

大山はどうせ、自分がふざけて嘘をついていると思っているのだ。

こんなもの、さっさと終わらせてしまおう。

適当さが伝わらない程度に適当に描くと、スケッチブックを閉じた。

その晩、大きなノック音で中津川さんはベッドから飛び起きた。

「誰だよ！」

ドアに向かって怒鳴ると、

「ちょっと下に来い」

父親だった。明らかに声が怒っている。

時刻は午前二時をまわっていた。まさか、大山の件が親に伝わったのかと緊張しながら階下へ降りると、両親と一個下の妹がダイニングテーブルについている。皆、表情が険しい。

「誰なんだ？」

父親が訊いてきた。

「え？」

「誰を連れ込んでるんだって聞いてるんだ」

なんの話をしているのかわからない。

「話し声がうるさくて寝れないんだけど」

妹は眠そうに目をこすりながら苦情を訴える。

「つーか、お兄ちゃんテンション上がりすぎ。聞いてて、すっごく気持ち悪い、変態みたい」

「会う時間を考えろ。こんな時間に呼び出して、向こうの親御さんが知ったら……いいか、もう帰ってもらえ。ちゃんと家まで送れよ」

おげ、げえぇ。

きゃあ、と妹が飛び退いた。

中津川さんは吐いた。突然、込み上げてきたのだ。

吐きながら、必死に弁解する。

いないんだ。部屋には誰もいないんだよ、と。

父親に部屋を見てもらったが、窓から逃がしたと思っているようで信じてもらえなかった。それどころか、吐いてまで嘘をつき通そうとする息子に呆れて果てていた。

そんなことがあったばかりの部屋にはいられない。両親に頼み込んで、一階の寝室で一緒に寝かせてもらった。

翌朝、学校の準備をしに自分の部屋に戻ると、なぜか床のあちこちに土が落ちていた。

提出した「首の絵」を見た大山は嘆息し、「残酷なものを描くなぁ」と呟いた。

「もう授業中にふざけちゃだめですよ」

そう静かに注意すると、中津川さんが見たものは昔の卒業生だと教えてくれた。

その卒業生になにがあったのか。なにがあったら、あんなことになるのか。

それは教えてもらえなかった。

水槽

蛙坂須美

晴臣さんは大学時代、とある教授の研究室によく出入りしていた。

「自分の専攻とは全然関係ない研究をしてる人だったんですけどね」

なぜか不思議と気に入られていたのだという。

「で、その研究室にちょっと変わったところがありまして」

水槽である。

なみなみと水をたたえた大きな水槽が、部屋の隅に置かれているのだ。

「教授の専門は、そんな水槽なんかを必要とする分野じゃないので」

おそらくは趣味の一環なのだろうが、水槽の中に生き物の気配はない。

それなら一体何のために？　と晴臣さんは当然、疑問をおぼえた。

「本人に訊いてみたこともありますよ」

教授曰く、論文の執筆に行き詰まったときなど、水槽を眺めているとインスピレーションが湧いてくるのだとか。

「なんだかはぐらかされてるようだな、と。でもまあ、目上の人の趣味にとやかく言うのも躊躇《ためら》われるじゃないですか？」

それ以上の追求はしなかった。

その日、晴臣さんは借りていた本を返しに、教授の研究室を訪れた。

ノックをしようとしたところで、向こうから扉が開き、教授が顔を出す。

「事務に呼び出されちゃってね」

すぐ戻るから、と言い置いて、教授は小走りに去っていった。

「僕としては本を返せさえすればそれでよかったんですけど」

別段、急ぐ用事もない。せっかくだから待たせてもらおう、と晴臣さんは室内に入り、本と書類が山積みされた机の前に腰掛けた。

「それで、退屈しのぎにそのへんの本をパラ読みしていたら」

ぴちゃっ、と。

部屋の隅から水音が聞こえた。

あの水槽のほうからだ。晴臣さんはそちらに視線を向けた。

「そのときはじめて気づいたんですけど、水槽に黒い布がかぶせられていたんです」

以前まではなかったものである。

遮光カーテンのように見えた。

ぴちゃ、ぴちゃ、と水音はなおも断続的に聞こえてくる。

「魚でも飼いはじめたのかな？　と思いました」

水を張った水槽をただ置いておくよりも、そちらのほうがよほど自然だ。

金魚か熱帯魚か、ひょっとするとアロワナみたいな大きな魚かもしれない。

「見たいな、と」

興味をそそられた晴臣さんは水槽に近づくと、布を捲り上げた。

中をのぞいて、うわっ！　と声が出た。

そこにいたのは、小さな人間だった。

「こびと、ですよ」

頭と胴体があり、手足も目鼻口もきちんと備わっている。

「変身ヒーローのソフビ人形ってありますよね？　ちょうどあのくらいのサイズです。衣服は、着ていませんでした。裸です。ぶよぶよの、はんぺんみたいな色と質感でした」

海藻じみた毛髪がゆらゆらと揺蕩《たゆた》い、小さいながら性器までちゃんとある。男だった。

全身を極度に脱力させて、こびとは水中に浮かんでいた。

「常識的に考えればよくできた人形なんでしょうけど」

だとしても、そんなものを水槽に入れておく意味がわからない。

温厚な教授の異常性を垣間見た気がして、晴臣さんの体温は急速に下がっていった。

晴臣さんは机の上に借りていた本を置き、研究室を後にした。

「途中で教授と出くわしたらどうしようって、すごく不安でした」

心配は杞憂に終わり、彼が教授の研究室を訪れたのはそれが最後になった。

「しばらくはあのこびとの姿が頭にこびりついて離れませんでした」

一人でいるのが嫌だったので、その日は二時間かけて実家に帰った。

玄関の扉を開けると、下駄箱の上に置かれた水槽が目に入った。

真っ白に漂白された金魚が、腹を上にしてすべて死んでいた。

ドッグレース

鷲羽大介

今年二十八歳の貴文さんには、小学校の運動会で、十頭ほどの犬にひとりだけ混じって徒競走をやらされた記憶がある。

近くにあった警察犬訓練所との合同企画で、大きなシェパードやドーベルマンがずらりと並び、訓練士のお兄さんたちが抑えているのと横一列で、人間も自分ひとりだけ並ばされて、スタートの号砲とともに走り始めた。

猛烈なスピードで走る犬たちは、自分に目もくれない。とにかく置いていかれないように必死で走った。

たしか、四着か五着だったと思う。

走り終わったあとは、なんだかとても情けなくて恥ずかしい気持ちになり、校舎の裏にひとりで隠れ、ずっと泣いていた。

貴文さんの親は、その年は仕事の都合で運動会に来ていなかったので、見ていない。付き合いのある地元の同級生には、誰に話してもそんな競技はなかったと言われるし、今になってからいくら調べても、学校の近くに警察犬訓練所は見つからないそうだ。

視力矯正

鷲羽大介

小学五年生の娘が、黒板の字が読みづらいというので眼鏡を作ってやった。

眼鏡をかけて登校した最初の日に、帰ってきた娘にどうだったか訊いてみた。

「すごくよかったよ。友達みんなに可愛いって言われたし、先生が黒板に書く字も、黒板の裏で笑ってる青い人も、よく見えるようになった」

どうしたらいいでしょうか、と言われても困るんです。

そういう日

鷲羽大介

　里美さんが小学五年のころ、登校して教室の引き戸を開けると、席についていたのはみんな日本猿だった。自分の席だけが空席になっていた。

　見なかったことにして、戸を閉めて家に引き返した。校内でも通学路でも、誰ともすれ違わなかった。家にも、家族の誰もいなかったが、「今日はそういう日なんだ」とだけ思って、ランドセルを背負ったまま自分のベッドに倒れ込んだ。

　目を覚ますと、ランドセルを背負ったままだったが、時間は今朝の六時半に戻っていた。もう一度、学校へ行ったら今度はいつものクラスメイトたちが席についていた。

「そういう日ってありますよね」と里美さんは言っているが、「そうですね」と軽々しく相槌を打てるものではない。

葬奏

黒木あるじ

四年生の春――たしか午後だったかな。

教室で先生の話を聞きながらウトウトしてたら、リコーダーが鳴ったんですね。

いやいや、音楽の授業じゃありません。誰かがいたずらで鳴らしたわけでもないです。

机の脇に鉤フックあるでしょ、あそこに袋へ入れてぶら下げてたリコーダーが、いきなりピピピピィッって音を立てたんですよ。

はい、そうです。クラス全員の縦笛が、いっせいに。

子供ってそういうの大騒ぎするじゃないですか。それで十五分くらい、みんなザワザワしてたんです。教頭先生が教室に駆けこんでくるまで落ちつきませんでしたね。

あ、教頭先生がクラスにきた理由ですか。

前日から休んでいた担任が亡くなったという報せで。

はい、音楽の先生でした。事故で救命救急に運ばれていたんだそうです。

だから「ああ、そういうことなんだな」と全員が納得しました。

その後、学校が配慮したみたいで、ウチのクラスだけ卒業するまで一度も縦笛の授業がなかったんですよ。気を使うのはそこじゃない気がするんですけどね。

いまでもリコーダーの音を耳にすると、あの日のことを思いだしますよ。最近は実家を離れてリコーダーが手許にないもんで、聞く機会はグッと減っちゃいましたが。

あ、だから違いますってば。自分で吹くわけじゃないんですよ。先生の命日になると、しまってあるリコーダーが勝手にピイイッって鳴るんです、はい。

校長先生の忘却と変容について

蛙坂須美

晴美さんが中学二年の頃、通っていた学校の校長が亡くなった。

自殺、とされていた。

校長は卒業生の一人と不倫をしていたようで、それはもうずぶずぶの泥沼と言ってよいほどの状態が長いこと続いていたのだという。

校長は、そのせいで教職員やPTAから苛烈な突き上げを食らっていたらしい。

遺書の類は見つからなかったものの、おそらくはそれが原因で精神を病んでしまったのでは？　と晴美さんはじめ生徒の多くはそう考えていた。

死の直前、校長の様子は明らかにおかしかった。

何日も風呂に入っていないような体臭を発散させ、用もないのに校舎の中をうろつきまわっていた。

晴美さんは登校時に校門の前で待ち構えていた校長に、

「君、スカートが短すぎるんじゃあないかね?」

と声をかけられたことがあるのだが、そのときの顔が忘れられない。

校長は歯を剥き出しにして笑っていたのだ。

その様子は、テレビで見た威嚇するチンパンジーにそっくりだった。両目がそれぞれ別のほうを向いていた。

首筋に冷たいものをおぼえた晴美さんは「気をつけます」と一礼し、その場を離れた。

校舎に入るまでの間、背中にねっとりとした視線を感じていた。


校長の幽霊が目撃されるようになったのは、その死から数週間経った頃のことだ。

授業中、何者かに視られている気がして廊下に視線を遣ると、扉のガラス窓から校長の青白い顔がのぞいているというのだ。

校庭に立っていた、廊下ですれちがった、音楽室のピアノの前に座っていた、と無数の噂が錯綜した。

晴美さんも一度だけ、それらしき人影がふらふらとおぼつかない足取りで校門の桜の木の下を歩いているのを見たことがある。

遠目だったが、背格好や服装は生前の校長そのものだったそうだ。

それから二十年の月日が流れ、晴美さんは中学の同窓会に出席した。

ひさびさに顔を合わせた学友たちと旧交をあたためていると、一人、教員としてかつての母校に勤めている者がいた。

晴美さんは俄かに興味をそそられた。

「校長先生の幽霊って、まだ出るの?」

晴美さんの質問に、教員となった彼は、

「出るね」

即答だった。

「でも今では輪郭もあやふやでさ、顔なんか子供の描いた落書きみたいになってるよ。当時のことをおぼえてる人が、もうほとんど残ってないからかなあ……」

そう言って首を傾げたということだ。

「幽霊って、そんなようなものなんでしょうか？」

晴美さんと筆者もまた、ほぼ同時に首を傾げた。

すぶつぉめ

黒木あるじ

音楽室は、その正式名称を〈音楽教室〉という。

多くの音楽教室は合唱練習で並びやすいよう段差が設けられており、教員が弾くためのオルガンやピアノなど鍵盤楽器が置かれている。また、音楽鑑賞の際に楽曲のなりたちを説明する目的で、著名な作曲家の肖像画が壁に貼られている場合も多い。ベートーベンやモーツァルト、シューベルトにハイドン、瀧廉太郎、山田耕筰、すぶつぉめ。

「えっ?」と首を捻ったあなたは正しい。

世界の名だたる音楽家に〈すぶつぉめ〉などという人物は存在しない。だから、むろん肖像画など存在するはずもないのだが——。

「いや、本当にあったんですってば。記憶違いなんかじゃありません」

そう主張して譲らないのは、四十代男性のK氏である。

彼が通っていた小学校の音楽教室には、たしかに〈すぶつぉめ〉の肖像画が掲示されていたのだという。多くの作曲家の名前が片仮名あるいは漢字で表記されているのに対し、〈すぶつぉめ〉だけは平仮名だったこともあり、強く印象に残っているらしい。

「音楽の筆記テストでも、平仮名で〈すぶつぉめ〉と書いた憶えがありますし、そもそもあれほど不気味な絵を間違ったりしませんよ」

〈すぶつぉめ〉の肖像画は西洋人の男性で、ほかの音楽家に比べて異様にタッチが粗く、全体が赤みがかっていたのだという。異様な色彩の顔は驚くほど面長で、右耳がなかった。

当然、K氏は〈すぶつぉめ〉の曲も何度となく授業中に聴いている。

「音楽の■■先生がお気に入りだったようでしてね。時間があまると〝それじゃ、最後に一曲鑑賞しましょうか〟と、かならず〈すぶつぉめ〉の交響曲を流すんですよ」

〈すぶつぉめ〉の作風は、K氏いわく「重低音がひたすら続く、胃のなかの給食を吐いてしまいそうなメロディー」であったそうだ。

「曲の不気味さもさることながら、音楽が流れるあいだ■■先生が延々と手を叩くんです。それもリズムに合わせての手拍子ではなく、やみくもに鳴らしているんですよ。三十代の女性教員でしたが、そのときだけ八十歳くらいのお婆ちゃんみたいな疲れはてた顔つきに見えるのが、子供心にも気持ちが悪かったですね」

〈すぶつぉめ〉の曲を聴いた翌日は、児童の欠席が増えるのも恒例だった。ひどいときはクラスの半分が「なんだか寒い」との理由で休み、学級閉鎖になったこともあるという。

「まあ、それだけなら〝変な作曲家がいるんだな〟程度で、そこまで気に留めなかったと思うんです。実際、最近まで名前すら忘れていましたからね。ところが……」

昨年、故郷で小学校の同窓会が開催されたのだという。

「ウチは生徒数が少なかったもんで、全クラス合同で集まるんです。で、二次会の席上、隣のクラスだった男子と雑談していて〈すぶつぉめ〉の話題になったんですけど」

同窓の男性は「なに、その〈めをつぶ〉なんとかって」と怪訝そうに答えた。

「いやいやいや、音楽の授業で習っただろ。おかしな曲で、肖像画も不気味でさ」

「あのさ……俺、吹奏楽部だったじゃん。だから、普通の生徒よりも音楽室にいる頻度は高かったけど、そんな肖像画なんて見た記憶がないぜ」

その後も押し問答を続けたものの、男性は「曲も肖像画も知らない」の一点張りである。

納得いかないK氏が痺れを切らして、

「じゃあ、[redacted]先生に訊いてみようよ。〈すぶつぉめ〉の曲を聞かせてくれた張本人だし、彼女が知らないはずないだろ。今日は来ていないのか？」

そう言うなり、同窓生の顔がわずかに曇った。

「……先生、音信不通らしいよ」

男性によれば、くだんの教員はある日「きこえるのできにいきます」との書き置きを職員室の机に残したまま、現在にいたるまで同僚も家族も連絡がつかないのだという。

「ご親族が捜索願いを出した結果、海外へ渡航したことまでは判明したらしいんだがね。数年後に絵ハガキが一枚届いたきり、あとはもう行方知れずになっているそうだ」

絵ハガキに文章は綴られておらず、まるでメロディーになっていない音符の走り書きと血で描いたように真っ赤な顔のイラストが添えられているだけだった。

「それを聞いたら、これ以上知るのが嫌になっちゃって……無理やり話題を終わらせて、あとはなにも聞いていません」

ちなみに、B氏はいまも〈すぶつぉめ〉の曲を口ずさめる。

だが「ワンフレーズ歌うと、きまって体調が悪くなる」とのことで、とうとう最後まで聞かせてくれることはなかった。

レインコ

神沼三平太

現在、都内の大学に通う智佳子さんから教えてもらった話。

「高校三年の春のことです。私達が卒業と同時に廃校になった中学校に、友達の彩子と忍び込んだことがあるんです。たぶん管理とかはされてるんでしょうけど、人手が足りてないのか、誰も通報もされないし、捕まってもいないっていう物件で」

一般的には自治体が管理しているのであれば、機械警備が入っていてもおかしくはない。だが予算がないということなのだろう。

智佳子は感情を抑えた語り口で続けた。

「忍び込んだのは夕方で、まだ外も明るかったし、その前の週に彩子も別の人と教室まで入ったって言ってたので、別に大丈夫かなって思ったんです」

卒業してからの数年の間に、母校には赤いレインコートの女の幽霊が出るという噂が流れていた。学校の七不思議のような他愛のない話だ。夕方に忍び込むと、夕陽の差し込む廊下に、てらてらと光る真っ赤なエナメルのレインコートを着た女が立っている——それだけの話だ。具体的に体験した人がいるのか興味を持ったこともあったが、智佳子さんの知り合いで誰一人その体験をした人はいなかった。学校に忍び込んだ体験を話してくれる人など、彩子くらいのものだったから、それはそれで自然なことだろう。

その赤いレインコート姿の女は、〈レインコ〉と呼ばれているらしい。

どうやら彩子は、レインコを見たいらしかった。

「レインコ、あたしたち今までが行った時には、一度も見たことなかったかんね。ただの噂じゃねえかなぁとも思ってんだよね」

彩子は、最近とみにハスッパな感じの言い回しをするようになっている。付き合う人の種類で人は変わっていく。そろそろ彩子との付き合いは考えないといけないのかもしれない。そんなことを思って、自分の中にそんな感情があったことに驚いた。

裏門の横の金網が破られて錆びついていた。それを潜ると敷地には簡単に入り込めた。彩子はレインコの話をしながら、こっちこっちと手を引いた。

校舎の端にあるアルミ製の扉が破られて、ドアが半開きになっている。

「こないだ入った時には、教室に猫いたよ。まだ子猫で可愛かったけど、うち猫アレルギー持ちだし、保護するのとかは無理だかんなあ」

残念、と彩子は作ったような笑顔を見せた。

ああ、今はそういう季節か。どの子猫も幸せになってくれればいい。

自宅の猫が十六歳で世を去ったのは去年のことだ。まだ猫のことを思うとペットロスが鎌首をもたげてくる。

——もし校舎で子猫を捕まえちゃったりしたら。

ぼうっとそんなことを想像していると、手を強く引かれた。

「何やってんの！　逃げるよ！」

彩子が真っ青な顔をしていた。何がどうしたのか訊こうとすると、「レインコだ！　いたんだ！」と鋭い声を上げた。

振り向く余裕はなかった。入ってきた扉までUターンだ。校舎に入っていたのは体感五分もなかった。だが、ちょっと前までは夕焼け空だったはずなのに、校舎から出た時には周囲は真っ暗だった。

「レインコは、閉じ込めておかないとダメなのに。これだと出てきちゃう――!」

彩子の唇は震えていた。何に怯えてるのか、智佳子にはわからなかった。

自分はレインコを見ていないので、恐怖に全く現実味がない。

真っ暗な空の下、裏門脇の金網を潜って外に出た。彩子はそこで服の裾を引っ掛けて裂いてしまった。

「帰ろう。すぐ。きっと、あいつは出てきちゃうけど」

自分の知っている〈レインコ〉の話には、そんな要素は含まれていなかった。

知るべきだろうか。それともこのまま知らないで済ませておいていいのだろうか。

そう思って、帰りの道中で彩子にレインコについて何度か尋ねたが、彼女は何も答えてくれなかった。


あの校舎に忍び込んでから、一年経った。

智佳子は大学生になり、地元を離れて忙しく過ごしていた。

彩子とはあの日以来連絡を取っていない。

梅雨に入りかけた時に、彼女は一度帰省した。

「中学校前のバス停でドアが開いたんですけど、すごく背の高い、真っ赤なレインコートの女が立っていたんです」

だが、運転手は何も見えていないかのようにドアを閉め、そのまま発車した。

それは女が見えていないのではなく、見えているのに、あえて無視しているのだと感じられた。

真っ赤なレインコートのフードが、車外のバックミラーの高さにあった。

背が二メートル以上あるということになる。

あれは人間じゃない――レインコだ。


「ああ、そんな話時々聞くわよ」

近所の食堂で働く智佳子の母親は、自他共に認める噂好きで、食堂の常連にはバスの運転手もいる。その運転手たちが、ここ一年で、やたらと背の高い、レインコート姿の女をよく見かけるようになったというのだ。

――やっぱり出てきちゃっているんだ。彩子にも訊いてみないと。

母親は続けた。

「それでね、レインコートは赤の人と、白の人がいるらしいわよ」

「え、白?」

「そうよ。ダブダブのサイズの合っていない真っ白いレインコートを着て。まるでお化けみたいなんだって。その二人が、街の色々なところをうろうろして、誰かを探してるんだって。変な話よね。まるで怪談みたい」

母親はころころと笑ったが、智佳子の内心はそれどころではなかった。

誰を探しているのだろう。彩子だろう。そして、もしかしたら自分のことも。

智佳子は全身の産毛がゆっくり立ち上がっていくのを感じた。

「そうだ、そういえば、彩子っていたじゃない。あなたの同級生の」

心を読んだような母親の言葉に、びくりと体が震えた。

「どうしたのよ。変な顔しちゃって。そういえばあの子、最近見ていないわよ。どこかに働きに出たって聞いたけど、何か知らない?」

「あ、そうなんだ」

なるべくそっけなく聞こえるように答える。母親は、あなたも忙しいものね、と言いながらお茶を淹れに席を外した。

その場で彩子に久々にメッセージを送った。
いつまで経っても返事はなかった。数日経ったが、既読にもならなかった。

厠《かわや》こけし

蛙坂須美

知人の吾郎はこけしと便所のにおいを嫌う。

清潔な水洗トイレなら問題はないが、駅や公園の公衆便所などは耐え難い。

「あのにおいを嗅いだ瞬間にこう、胃からぐーっと……」

熱いものが込み上げてくるのだという。


彼がそんな体質になったのは、小学六年生の夏のこと。

「林間学校ってあるじゃない？　その宿泊所の話なんだけどさ」

その宿泊施設の前身は、とある企業の保養所だったらしい。バブル崩壊から程なくして企業は倒産、所有権が県に移った。そうして設備はそのままに、公的宿泊施設として使われるようになったのだとか。

貸切バスで二時間ほどかけてたどり着いた宿泊所は、想像よりも汚く、貧相だった。

「なんていうか、収容所みたいな雰囲気なのね」

周囲を山に囲まれた、無骨な建物である。黴《かび》がふいたような色のコンクリ三階建てが二棟。一棟は客室で、もう一棟には食堂や大浴場、従業員用の居住スペースがある。

「建物の中は、思ってたより綺麗だったな。もちろんくたびれてはいるんだけど、手入れはしっかりしてあった。ただ問題は……」

便所だ。

各部屋は素っ気ない畳敷きで、便所と洗面所は共同である。

前者は廊下のどん突きに位置し、日当たりのせいか昼でも薄暗い。年季の入ったアンモニア臭が安物の消臭剤と混ざり合って、目がピリピリするようだった。

飯盒炊爨《はんごうすいさん》にハイキング、キャンプファイヤー、フォークダンスと、おさだまりのスケジュールではあるものの、それなりに充実した林間学校初日であった。

消灯は九時。しばらくは同室の友人たちとトランプに興じていたが、見張りの先生に一喝されてからは静かになった。

吾郎は目が冴えて眠れなかった。

「皆そうかなと思ったら、他の連中はグーグーいびきかいてるわけ」

虫の聲《こえ》がうるさい。風が窓を鳴らし、うとうとしたところをまた覚醒に揺り戻される。

小一時間も輾転反側《てんてんはんそく》しているうちに、吾郎は便意をおぼえた。

「本当なら誰かについてきてほしかったよ。ただ、小六だろ？　寝てるところを起こして『うんこしたいんだけど』なんて頼んだら、次の日からクラス中の笑いものだし」

まわりに気づかれないよう、こっそり部屋を抜け出した。

廊下は暗い。非常灯を頼りに、早足で廊下奥の便所へと向かった。

建てつけの悪い引き戸を開けると、三つ並んだ個室の扉は、すべて閉まっていた。

「嘘だろ？　と思って、手前からノックしていったんだよ」

すると扉の向こうから、コツコツ……と頼りない音が返ってくる。

自分と同じのが三人もいるんだ、と安堵する反面、そんなことってあるか？　という気もした。ソワソワと足踏みしながら待ったのだが、一向に出てくる気配がない。それどころか、物音ひとつしないのだ。

さすがにおかしいとなって、手前側のドアを引くと、スーッと開いた。

誰もいない。
薄汚れた便器の縁に、ボロボロにささくれたこけしが転がっていた。
電灯が音もなく消え、吾郎は喚きながら入口の扉に飛びついた。
開かない。どれだけ力を込めても、ビクともしなかった。
磨《す》りガラス越しに、廊下で何者かの影が動いた。
影には頭がなかった。
「うわあああああああ……」
奥の個室に飛び込み、鍵をかけた。
一拍遅れて、入口の戸が開く気配。
ずるっ……ずるっ……と、濡れたモップを引き摺るような音がした。
吾郎は必死でドアノブを握りしめた。何度か、ノブを回される感触があった。
やめてください、やめてください……。
目を閉じ、ただそう念じ続けた。
気づいたら、電気がついていた。ドアの向こうの気配も消えている。
おっかなびっくり扉を開けてみると、変哲もない便所だった。

ホーッとため息を吐いた途端、背後から濃密なアンモニア臭が押し寄せた。

振り向いた吾郎が見たのは、便槽から這い出てくる、巨大な肉団子みたいなものだった。

ぐずぐずに崩れた真っ赤な肉塊のそこここから、こけしの首が無数に生えていた。

〈……むふぁあ……〉

という吐息とともに、それは吾郎にもたれかかった。

肥溜めに落ちたような悪臭が脳天を貫き、吾郎の意識は飛んだ。


翌朝、吾郎は便所で倒れているところを見つかった。

「その間の記憶が、全然ないんだよ」

宿の車で病院に運ばれ、二日間入院することになった。いろいろと検査をされたが、脱水症状の所見がややみられた以外は、何の異常もなかった。

「それからしばらくは、家でぼんやりしてたんだけどさ……」

あるとき、林間学校以来そのままになっていたリュックサックをひっくり返したら、汚れた下着や皺くちゃの旅のしおりなどと一緒に、ペットボトル大の木の棒が転がり出た。

直後、もわっ、と部屋中にアンモニア臭が立ち込めて、吾郎は嘔吐した。

木の棒は、宿泊所の便所で見たこけしに違いなかった。

「両親に頼み込んで、近所の寺に持っていってもらったよ」

それからというもの、吾郎はこけしと便所のにおいが大の苦手になった。

経緯は不明だが、翌年以降の林間学校でくだんの宿泊施設は使用されていない。

「クソみたいな思い出だよ、本当に」

吾郎は呟いて、用足しに立ったわたしを見送った。

うわさ

黒木あるじ

以下に記すのは、これまで怪談を取材するなかで聞いた〈学校の怖い噂〉である。

いずれも話者の母校で語られていたものだが、当然ながら〈噂〉であるから話者本人の体験ではなく、ゆえに実話だという保証もない。そのため、これまでは掲載を控えてきたのだけれど「こういった真偽不明な話も本書のテーマ的には相応しいのではないか」との考えから、この機会に興味深い〈噂〉を選りすぐって紹介してみたいと思う。

小中学校または高校で、似たような〈噂〉を同級生と囁きあった「あのころ」を思いだしながら読んでもらえれば幸いである。

◆

◆

◆

運動会の前日は校庭に入ってはいけない。〈べらべらさん〉が出るからだ。

〈べらべらさん〉は事故死した生徒である。運動会の直前、校庭をならす巨大ローラーの上に乗ってふざけていたところ誤って落下し、ローラーに轢かれたのだという。

その生徒が出る。

押しつぶされたときの姿——べろべろの異様に薄っぺらい身体であらわれる。目も鼻もプレスされ、顔は真横に倍ほども伸びている。ぷちんと裂けた皮膚からは臓物がこぼれ、折れた歯が唇を突き破っている。それが、ひらひら揺れながら迫ってくるらしい。

だから、職員室の片隅には死んだ生徒を祀った神棚が据えられている。

先生は「そんなもの祀ってるわけないだろ」と否定するが、運動会の時期だけは神棚にコーラと菓子が供えられるため、生徒はみんな知っていた。（東北地方／高校）

◆　◆　◆

その中学校の七不思議は、すこしばかり変わっていた。

六番目までは〈ひとりでに鳴るピアノ〉や〈開かずのトイレ〉といった、どの学校にもありそうな話なのだが、七番目だけが独特なのである。

〈名前に数字が入っている校長先生は、かならず在任中に亡くなる〉

生徒間では、公然の秘密として語られていた噂であるらしい。

幸い、話者が在学していた三年間に赴任した校長はいずれも名前に数字が入っておらず、命を落とす者はひとりもいなかった。

しかし、話者の妹の入学時にやってきた校長は〈幸一〉という名前だった。幸一校長は夏休み前の朝礼中に倒れ、心筋梗塞で帰らぬ人となっている。（東海地方／中学校）

◆　◆　◆

転校先の学校には〈カエルコの呪い〉という話が伝わっていた。

「アマガエルを無理やり食べさせられた女の子が自殺したのちに幽霊となって、いじめた子を探すため夜中の校舎をさまよっている」という荒唐無稽な内容だったが、生徒たちは「カエルコに捕まると、顔が蛙そっくりになって呪い死ぬ」との説を真剣に恐れていた。

「呪いを解くためには夜の理科室へ忍びこんで、ホルマリン漬けになったカエルの標本をひとくち齧らないといけない」なる回避策も、まことしやかに囁かれていたという。

転校生だった話者はまったく信じていなかったが、学期末に理科室の大掃除をした際、瓶詰めカエルの右半身が欠けていたのを確認している。話者いわく「歯形があったから、過去に何人か食べたのは確実だと思う」そうだ。（関東地方／小学校）

◆　◆　◆

旧校舎の屋上は立入禁止になっていた。

屋上へ続くドアの手前には黒と黄のトラロープが張られており、ラミネート加工された紙がクリップ留めで吊りさげられている。紙は古い新聞記事のコピーで、文字がつぶれているうえに薄暗いために読みにくいのだが、どうやら「女生徒が屋上から誤って転落した死亡事故」について報せる内容であったようだ。

要は〈落下事故再発防止のために入れませんよ〉と暗に警告していたわけだが、生徒のあいだでは「屋上が封鎖された理由は別にある」との噂が広まっていた。

女生徒は事故ではなく自殺で、その生徒はいまも屋上に出る――というのだ。

もっとも「自殺だ」とする根拠はまったく不明で、死んだ女生徒がどのような人物かを知る者も皆無。つまりは、すべて噂の域を出ない話であったようだ。その所為だろうか、しばしば屋上に続く階段は「手軽なきもだめし会場」になっていたらしい。

話者も在学中、同級生と好奇心にまかせて屋上まで足を向けたことがある。

先輩から聞いたとおりロープには新聞記事のコピーが吊るされていたが、目を凝らして読んでみると、その記事はまったく別な市にある中学校での出来事だった。

なぜ無関係な事故の新聞を掲示しているのか。本当は此処でなにがあったのか。

にわかに鳥肌が立って、話者は早足で教室へ戻った。

ちなみに、そのとき一緒だった同級生は数日後に部活の仲間数名と屋上へ侵入している。

屋上はコンクリの隙間から雑草が伸びているばかりで特筆すべきものは皆無だったが、しばらくするとグラウンドから「おおいおおい」と声が聞こえてきた。手すり越しに下を覗くと、教師とおぼしきジャージの男が笑顔で大きく手を振っている。

見たことのない男だった。

遠目にも、顔のまんなかが陥没し、鼻が黒ずんでいるのが分かった。

それからしばらく、生徒たちは「本当に死んだのは、生徒ではなく教員ではないか」と囁きあっていたという。(東北地方／中学校)

◆　◆　◆

昭和の終わりまで、その学校には「石炭小屋」があった。

当時の暖房器具は石炭ストーブであったため、大量の石炭を貯蔵する小屋が校舎に隣接していたのだという。石炭係の生徒は金属製のバケツとスコップを手に石炭小屋まで赴き、堆《うずたか》く積まれた石炭の山からその日使うぶんを掘り、教室まで運ばなくてはならなかった。厳冬のなかでの作業は重労働で、「どうせなら気温の高い午後に、あらかじめ翌日ぶんを運んでおきたい」との意見も多かったそうだ。

しかし、石炭室は夕方以降の入室が固く禁じられていた。表向きは「防犯上の都合」ということになっていたが、その主張を信じる生徒はいなかった。

昭和のなかごろ、放課後に石炭の小山へ登って遊んでいた生徒が崩れた石炭に埋まって窒息死した。それ以来、夕方になると〈全身が真っ黒に煤けた子〉が石炭小屋のまわりをさまようため、生徒を近づかせないのだ——そんな話が伝わっていたのである。

もちろん単なる噂にすぎず、〈黒い子供〉に遭遇した生徒は誰ひとりとしていなかった。学級新聞の担当だった話者は、くだんの噂を記事にしようと教員を取材したが「そもそも石炭小屋で死んだ子なんていないよ」と、すげなく返されただけであったそうだ。だから話者も「単なる噂なんだ、嘘なんだ」と納得し、それきり忘れてしまったのだという。

話者が卒業してまもなく、暖房も石油ストーブに切り替わって石炭小屋は解体された。

それから——およそ二十年後の、ある夜。

話者が帰宅するなり、自分とおなじあの学校にかよっている息子が「あのさ、お父さん。〝黒い子供〟って知ってる?」と訊ねてきた。

「放課後になると西階段のあたりに、影みたいな色の小学生が出てくるんだよ。そいつに見つかると燃やされちゃうんだって」

校舎はとうに新築されており、西階段はかつて石炭小屋が建っていた位置にあたる。

なるほど、噂というのはその根拠を失っても、あんがい残っていくものなんだな——。

ひとり感心するなか、無反応に焦れた息子が「それでね」と膝に乗ってきた。

「それでねそれでね。その黒い子、ずっと変な声で泣いてるんだって」

ほんとうだよう――。

ほんとうにあったんだよう――。

「お父さん、これってどういう意味だと思う？」

息子が質問する。話者は黙りこくるしかなかった。（北海道／小学校）

◆　◆　◆

美術準備室にある肖像画は、見る人によって顔つきが変わるそうです。長生きする人は笑顔に見え、二十歳までに死ぬ人は泣き顔に見えるそうです。

そのウワサを聞いて、わたしと■■さんで準備室に行ってみました。

油絵はイーゼルのかげに隠されていて、むらさきの布がかぶさっていました。

でも笑顔でも泣き顔でもなくて、顔がぐしゃぐしゃにつぶれた男の人の絵でした。

目から上は全然ありませんでした。

あとで美術部の〇〇さんに聞いたら「わたしが見たときは笑う女の人の絵だったよ」と言っていました。それを聞いて、きっと■■さんかわたしがひどい死に方をするんだなとなんとなく思いました。だから、死んだときの証拠になるよう書いておきます。わたしが死んだら調べてくださいみなさんさようなら（関東地方／中学校の卒業文集より抜粋）

九階のトイレ

神沼三平太

その地方大学では、平成に入ってからキャンパスに新校舎を建てた。

九階建ての天井の高い綺麗な校舎で、学生にも評判が良かった。しかし不便な点が一つだけあった。それはトイレの配置である。校舎の一階には男女のトイレが両方揃っているが、他の階にはどちらか一方の性別用のトイレしかないのだ。具体的には偶数階には男性用トイレがあり、奇数階には女性用のトイレが設置されていた。

新校舎が建った年の冬のことである。最上階の九階の女子トイレで女子学生の首吊り自殺があった。彼女の遺体は年明けに巡回した警備員が発見した。大学は年末年始は立ち入り禁止だったが、彼女はどこからか侵入して一人で命を絶ち、そのまま数日間発見されなかったのだ。

事件の後、その九階のトイレの一番奥の個室には、若い女の幽霊が出るという噂が立つようになった。個室に入るとドアの上から若い女性の幽霊が恨めしそうに覗く。よくある学校の怪談である。

事件から十年が経った。

その年、冬季休暇も直前に迫ったある日の夕方、鶴田は先輩から聞いたという先ほどの怪談話を、同じゼミに所属する智子に語った。智子と鶴田は今年の春から付き合い始めて半年になる。

「新校舎の九階のトイレの話だけどさ、確かにあの辺りって、雰囲気暗いよな。あそこ使ったことある？」

「バカみたい。そんな話ありっこないじゃない」

智子は幽霊やオカルトっぽい話を頭から信じない懐疑主義者である。黒縁眼鏡の奥から胡散臭《うさんくさ》そうな顔で鶴田を見返した。

「え、なら今から行ってみようぜ。幽霊出るかもしれないし」

「……あんた男でしょ」

「だから頼んでるんじゃん。俺が入ったら犯罪だし。ってゆーか、智子はあのトイレに入ったことある？」

智子は小さく首を傾げた。入学して三年目だが、一度も使ったことはなかった。

「ないと思う。うん。いいよ。今から行ってみようか」

しかし、特に変なことも起こらなかった。

「ほらやっぱり」

「まぁ、その幽霊の姿とかって具体的に聞いたことないしね」

ただの噂話だったのだという結論になった。

しかし、翌日から智子は不思議な行動を取り始めた。トイレに行く際に、わざわざ新校舎の九階の女子トイレを選んで行くのだ。

放課後、二人は人も少なくなった学食でレポートを書いていた。

智子はお手洗いに行ってくると言うと、長い髪を揺らして走り出した。最寄りのトイレとは見当違いの方向だ。

「智子、ちょっとどこ行くんだよ」

「新校舎。あの校舎のトイレじゃないと都合が悪くて」

「都合が悪いって何だよ」

今いる校舎からわざわざ離れた校舎の、しかも最上階のトイレに用を足しに行くという意味がわからなかった。

しかし、智子は曖昧《あいまい》に笑うだけだった。一目散に新校舎に走って行く。その後ろ姿に、鶴田は一抹の罪悪感を覚えていた。

自分があのトイレに行ってみろとそそのかしたからか。

あんなところまでわざわざ行かなくちゃいけないなんておかしいだろう。もしかしたら最近授業に遅刻してくるのは、休み時間にわざわざ九階のトイレに行っているからか。

あのトイレには何があるんだ。

鶴田はたまらず智子を追った。

もう今日の新校舎での授業は全て終了しているはずだ。トイレの周囲に人はいなかった。蛍光灯の光が他の階よりも黄色く感じた。

「おーい。智子ぉー」

鶴田の呼びかけに智子は答えなかった。

本当に中にいるのだろうか。

鶴田は何度も繰り返し彼女の名前を呼んだ。しかし智子は答えなかった。

それから小一時間ほど待っただろうか。これだけ呼んでも物音一つ聞こえないのだから、鶴田は智子が自分を残して帰ったのだろうと考えた。後ろ髪を引かれたが、明日文句の一つも言ってやろうと思いながら帰宅した。

だが、翌日登校すると、智子が死んでいた。友人の話によれば、智子は昨晩、新校舎のトイレの窓から飛び降りたのだという。

それを聞いた鶴田は半狂乱になり、以後、大学に出てくることはなかった。

「昔、この校舎の女子トイレで自殺が二回あったんだよね」

それは、その大学の定番の怪談話になっていた。

希美子はその話を聞くたびに、嫌な気持ちになった。今受講している授業が新校舎の九階で実施されているのだ。何かあったらそのトイレに入らねばならない。

確かに七階にも女子トイレはある。しかし、わざわざ階段でそこまで下りるのもどうだろうか。こんな自分は怖がりなのだろうか。

一年生の間はそのトイレに入らずに済んだ。

二年生の十二月に、急な生理のために最寄りのトイレに足を運ばねばならなくなった。生憎《あいにく》の新校舎。生憎の九階である。

一番奥の個室に入らなければ大丈夫。

トイレに入ると、すぐ一番手前の個室で用を足した。

別に噂されているように、上から覗かれたりはしなかった。

大丈夫。何もない。何も起こりっこない。

しかし手を洗うときに気がついた。鏡に映っていた。彼女はじっとこっちを見ていた。

目が合うと全身に鳥肌が立った。彼女は、背後の一番奥の個室から顔を覗かせていた。

ヤバイ。ヤバイヤバイ。駄目、もう駄目。逃げなきゃ。

希美子は駆け出した。


それから希美子は新校舎九階の女子トイレに呼ばれるようになった。

気が付くとそのトイレの前に立っている。別に用を足したいというわけではない。

なぜ自分がここにいるのかわからない。

授業中にもかかわらず、トイレの個室に座っていたこともある。

彼氏が一緒にいるときには止めてもらえる。しかし一人でいるときには自分の行動に自信が持てない。自分が信用できない。

「ねぇ、もしあたしが九階に行こうとしたら止めて」
友達にもそう言ったが、友達はみな、冗談か何かだと思ったようだった。
止めて欲しいのに誰も止めてくれない。
自分だって来たくて来ているわけではない。操られている。
今日も個室に座っている。下着を下ろしているわけでもない。ただ座っているだけだ。
外の洗面台の横には大きな窓がある。あの窓が気になっていた。
もう日は暮れている。暗い空。眼下には寂しい夜景が広がっているはず。
今ならあの窓から飛び降りるように言われたとしても抵抗できない。
どうしよう。あそこから飛び降りたら気持ちいいかな。
しかし、希美子は思い切ることもできずにいた。
だから便座に腰掛けたままじっとしている。
そのとき、遠くから自分の名を呼ぶ彼氏の声が聞こえた。
自分が水中にいて、水の外から声を掛けられているみたいだった。
「おい、希美子！」
激しくドアが叩かれた。そこで意識が戻った。彼氏の声が自分の名前を呼んでいた。

彼氏が女子トイレに入って来てドアを叩いたのだ。
その声に鍵を開けてドアを開けた。
個室から引きずり出されたときに、彼氏の横にあの黒縁眼鏡の女子学生が立っていた。
希美子の記憶はそこで途切れている。
希美子は二年間にわたってお祓いを繰り返すことになったが、去年無事卒業した。
九階のトイレは今年の春休みに急な改装工事が入り、今は男子トイレになっている。

プール

平山夢明

dさんはいまでも泳ぎは苦手なのだが、彼女が小学四年生の時、クラスの半分以上が〈泳げない子〉ばかりになってしまったことがあった。その前年に近隣にある生徒数の少ない分校を吸収合併したおかげでそんな事態になったと云われていたが、根拠がなんだったのかはわからない。

にしても、ひとクラス五十人ほどに膨れ上がった教室で三十人以上が〈かなづち〉である。担任である若い男性教諭はさぞ困ったのだろう。夏休みが近づき、体育がプール授業になった際、いつも大半が〈顔つけ〉ばかりで飽いてしまうのを見かねて、今日はみんなで渦《うず》を作ります、と云った。

渦と聞いてみな首を傾げた。渦といえば海峡などにできるやつである。あんなものをどうやって作るのだろうか。すると担任は全員をプールのなかに入れると、壁際に沿ってゆっくり反時計回りに歩きなさい、と云った。始めはなんのことだかわからなかった生徒たちだったが、十分ほどすると歩きづらかった水の感触が変わってきた。するとプールサイドで見ていた担任がもっと速く！　もっと速く！　と云った。

それに合わせ生徒たちがスピードを上げた。すると確かに水のなかに水流が生まれたのである。五十人の子供たちがプールの水を掻き回す格好になった。

速く！　速く！　手を叩きながら駆け回る担任の言葉を自分たちも口にして、速く！　速く！　と、みながはしゃぎながら水中を走った。

そのうちに流れが激しくなり、もたもたしていると足を取られるほどになった。

中央部分を見ると、いつもは平らなはずの水面が海のように波立ち、その様子に子供たちは大興奮した。すると走るのを止め、勢いづいた水流に躯を預ける者が出てきた。〈流れるプール〉である。もっともっと！　担任も生徒も一緒になって大はしゃぎした。

あっ見て！　と誰かが叫んだ。その瞬間、プールの中央部分に明らかに渦ができた。

みな走りながら、すごい！　すごい！　と口にした。

担任も、できたぞ！　渦が生まれた！　小学校に海を作ったぞ！　と云った。

いよいよ生徒たちの興奮は高まり、前にも増して速く走り出した。渦がどんどん強く大きくなっていく。dさんもこんなに楽しい水泳の授業は初めてだった。

並んで走っていた友だちが短い声を上げて渦を指差した。

見ると渦が水面より高くなっていた。

あれは何？　後ろの子からも声がした。

渦のなかから水の塊が異様に盛り上がってきたのだ。

みな真ん中に注目している。が、誰も足を停めようとはしない。否、水流が激しく自分だけ停まることなど不可能だった。

なんだ……なんだ……という声が次第に大きくなっていき、それに呼応するかのようにプール中央に生まれた水の何かは激しい陽光を浴びながら急激に成長した。

dさんには観音様の姿に見えた。友だちは飛翔しようとする竜だったと云った。

あっ！　dさんの少し前方で悲鳴がした。足を滑らせ引きずりこまれたのか、好奇心で自らそうしたのか、列から外れたひとりの男子生徒が勢いよく流された。そして見る間に渦の中心に吸い込まれるように近づき、水の何かに触れた。

その途端、水の何かが破裂した。

全員、プールから上がれ！　担任が叫び、飛び込んだ。みな、プールサイドに上がりながら渦に呑まれた生徒を見守った。が、担任はいまだ流れの強いプールの真ん中で呆然と立ち尽くしていた——あの生徒の姿が消えてしまったのだ。

その後は蜂の巣を突いたような大騒ぎになった。dさんたち全生徒は教室に留め置かれ、職員総出で学校内の捜索が始まった。

同級生のなかには泣いている子もいた。消えた子の隣で歩いていた男子でふたりは親友だった。ぼく、ふざけてあいつを押しちゃったんだ、と口をへの字にし、ぽろぽろと涙を零し、何度も指で拭いていた。水が真っ赤になったとか大きな笑い声を聞いたという子もいた。

すると屋上でワッという、大きな悲鳴とも歓声ともつかない音がした。

暫くすると担任が教室に戻ってきて、生徒が無事に発見されたことを告げた。目に涙が浮かんでいた。いまは保健室で寝ているけれどどこにも怪我はないとのことだった。

それを聞いたdさんたちは拍手をして喜んだ。

その週を欠席した当該生徒は翌週から登校してきた。

いまなら大問題になっていたのだろうが、昔のこととて子供が無事であればマスコミに告発するなどということはなかったのだ。

その年の水泳の授業は全て中止となった。

戻ってきた生徒を仲間たちは質問攻めにした。

どうして消えたんだ？　あの真ん中のものは何だったんだ？　どこに行ってたんだ？

彼はなにひとつ憶えていなかった。プールでみんなと渦を作って遊んだこと、足を滑らせたこと、それと温かかったこと。

彼によると、ほんの少し明るいだけの、とても温かくて気持ちの良いところにいたのだという。そして気がつくと先生に囲まれていた。

それが彼の憶えていることの全部だった。

彼が見つかったのは屋上に出る建屋の縁《へり》だった。不思議だったのは事故防止のため常時、屋上の出入り口には鍵が掛かっていたことだ。勿論、当時も施錠はされていた。


それから十年ほど経ったころ、一度だけdさんは彼を見かけたことがある。

高校からの帰り道、川の真ん中に釣りをするでもなくボーッと立っている人影があった。

それが彼だった。

声を掛けようと思ったが止めた。

窮屈そうにランドセルを背負っていたからだ。

お絵かき

葛西俊和

鈴浦さんは都内にある保育園で保育士をしている。彼女が言うに、まだ十歳にも満たない子供たちというのは不思議なもので、大人には見えない何かが見えてしまうこともあるようなのだという。それに対して子供たちのリアクションは幅広く、怖がったりもするが逆に喜んだりもするのだという。

「私の勤める保育園はJR中央線の高架橋沿いにあって。そのせいかな、子供たちの様子がそわそわしている時がたまにあるのですよね」

高尾駅から東京駅まで続くJR中央線は日本で最も鉄道自殺が多い路線としても有名だ。お昼寝の時間に寝付けない子が多い、大勢の子が窓際に集まって高架橋の方を見ている、そんな日は大抵、人身事故が起きているのだと鈴浦さんは言う。

「窓際に集まった子に聞いてみたんです。何が見えるのと。高架橋から女の人が手を振ってるーって言うんですけど、私には見えないんですよね。最初はちょっと怖いと思ったんですけど、次第に慣れていきましたね」

そんな少し変わった保育園で、ちょっとした事件が起きた。お絵かきの時間に複数の子が同じ絵を描いてきたのだ。その日のお絵かきテーマは『好きなもの』だった。画用紙にクレヨンで描かれていたのは髪の長い女性らしき人物で、なぜかどの子の絵にも顔に目が三つ描かれていた。

大勢の子供たちが同時に描いた絵について、緊急の職員会議が開かれた。絵のモデルになった人物は誰だ。保育園の女性スタッフに長髪の人はいない。そもそも、目が三つあるというのは。

会議の末、鈴浦さんたちは三つ目の絵を描いた子たちに話を聞いてみることにした。

「お砂場で遊んでるとね。ぶわぁーって来るの。髪の長い女の人」

絵を描いたうちの一人から話を聞くと笑ってそう答えたという。鈴浦さんが「怖くないの？」と聞くと、

「ぜんぜん、だって変なのたべてくれるもん」

食べてくれる？　いったいなんのことだろう。鈴浦さんがさらに情報を引き出そうとす

ると、その子は砂場の見える窓まで歩いていき、

「もう話しちゃだめって」

そのまま押し黙ってしまった。

絵を描いた他の子も同じようなもので、多くを語りたがらなかった。

「夕方の会議で報告をしたら、早めに手を打った方が良いということになって。翌日園長が近くの神社からお清めの塩を買ってきたんです」

鈴浦さんと園長は子供たちがお昼寝をしている間にこっそり砂場にお清めの塩を撒いた。

その後、砂場で遊ぶ子がきょろきょろと辺りを見渡す光景を見る機会が多くなり、鈴浦さんも三つ目の女がいなくなったのだろうと思った。

それから一か月ほど経ち、また奇妙なことが起きた。今までは取り合うようにして遊んでいた砂場に、子供たちが寄り付かなくなったのだ。それどころか、野外で遊ぶ時間になっても外に出たがらない子が多くなってしまった。

「怖いのがお庭にいるからいやなの」

鈴浦さんがお外で遊ぼうと言うと、子供たちは嫌がった。中には泣き叫ぶ子もおり、事の重大さは日ごとに増していった。

「庭で遊ぶのを嫌がる子が増えていって。それだけじゃなく他のことをするのも嫌だって騒ぐ子も多くなったのよ。なんだか皆、ぴりぴりしてきて急にわがままになっちゃったの」

普段はお絵かきを一番あがりで仕上げて持ってくる子が、白紙の画用紙を見て動かない。

鈴浦さんが声を掛けると、

「のぞいてくるから描くのいや」

何が覗いてくるのかと聞くとその子は一瞬だけ砂場を見たという。

やはり、また変なものが砂場にやって来ている。鈴浦さんは確信し、園長に相談をした。

翌日になり、園長がまた清めの塩を持ってきたので撒いてみようかという話になったのだが。

「その日は朝から大雨だったんです。私と園長は窓を見て、塩を撒くのは明日にしようかと話し合っていたら、砂場に人影を見つけたんです」

それは人型をしているのだが、部位が足りなかった。脚は一本しかなく、腕も一本しかない。頭の皮膚がべろべろに剥がれており、下顎がなく、垂れ下がった舌が伸びていた。

「ピースの足りないジグソーパズルみたいな感じ……」

後日、園児たちが帰った後に園長が神主を呼んでお祓いを行ったのだが、効果のほどはわかっていない。

園児たちの混乱も少しは収まってきているが、今でも砂場で遊ぶ子供は少ないという。

放課後心中

黒 史郎

昨年、待望の初孫が生まれ、定年後の生活を悠々自適に送っている南部さん。

遅めの初孫誕生祝いを持ってお宅にお邪魔した私は、お邪魔ついでに不躾な質問をしてみた。怖い話はありませんか、と。

怪談小説でデビューした私はネタに飢えていた。

すると、次のような話をしてくれた。


南部さんは高校生の頃、青森県のM市に住んでいた。

テレビで報道されるような物騒な事件などほとんど起きたことのない、とても静かな町だった。

だが、高校最後の夏休みが終わる三日前、その事件は起こった。

担任教師の失踪である。

「なにぶん退屈な町なもんでね、そんなことでも大騒ぎさ。子供が迷子になったってだけで、スピーカーで町中に放送をかけるんだ。それに、うちの母親がやたらアンテナ高くてね。そういう事件はすぐ、俺の耳にも入ってきたよ」

失踪したのは大川という国語教師だった。

自宅に親族への手紙を残し、老齢の母親と共に姿を消していた。

手紙には心中を示唆するようなことが書かれていた。

大川先生の母親は、一人では立つこともできない寝たきり状態。先生自身も首に難病を抱えていた。失踪は将来を悲観してのことだろうと誰もが思った。

警察や教師たちは、心中に適した人目を忍べそうな場所を中心に捜索した。

そんな頃、南部さん宅に友人の細川が遊びに来た。

彼は大川先生の失踪を知らなかった。

学校にも警察が来て大騒ぎになっているぞというと、細川は目を丸くして驚いた。

彼は毎日、学校で弟たちと遊んでいるが、まったく気づかなかったという。

「学校ならボールも借りられるし、喉が渇きゃあ井戸もある。便所もあるから野糞たれてケツを蜂に刺される心配もない。今みたいに公園なんてもんはなかったから、学校は子供たちのいい遊び場だったんだよ」

話を聞いて細川は「もしかして」と不安げな表情をする。

最近、いつ見ても人が入っている便所があるのだという。

学校の便所は、校舎の裏に長屋のように五つ並んでいる。その左から二番目が現在、開かずの便所状態になっているらしい。

その戸を叩くと「誰だい?」と声が返ってくるので中に人がいるのは確かだが、出てきたところを一度も見たことがない。昨日も一昨日も同じ便所が閉まっていて、戸を叩けば同じ声と言葉が返ってきたんだと、細川は興奮気味に話した。

確かに気になる話だった。

「だって〈入ってます〉ならわかるけど、〈誰だ〉なんて妙だろ」

まさか、その便所の中に――。

万が一ということもある。南部さんは細川と一緒に学校へ向かった。

学校へ着いて便所へ向かう途中、南部さんは慌てて鼻と口を押さえた。

「まだ着いていないのに、ものすごい臭いがするんだよ」

便所はいつも臭かったが、この時は大小便を凝縮したような咽《むせ》かえるほどの強烈な臭いだった。蠅もいつもの倍は飛び回っていて、左から二番目の戸にバチバチとぶつかっていた。

これはいよいよ怪しいということになったが、戸をこじ開ける勇気はない。

南部さんたちは近所に住む先生の家へと走った。

体育教師の谷野は大きなバールを持って、南部さんたちと一緒に便所へ駆けつけた。

谷野が戸を叩いても返事は返ってこなかった。

便所の戸は中から閂が掛かっていて開かない。

「大川先生ぇ！　大川先生ぇ！」

「せんせぇ！　せんせぇ！」

みんなで呼びかけても応答はない。谷野は苦い顔で溜め息を吐くと覚悟を決め、バールを使って戸をこじ開けだした。

南部さんは足が震えていた。

「そりゃあ、できれば見つかって欲しいって思いはあったよ。嫌いな先生ではなかったからね。でもそういう気持ちよりも、俺は初めて死体を見るんだって考えたら、怖くなっちゃってさ」

谷野が力を込めると、便所の戸はバリッと音を立てて壊れた。


便所の中には、猿のようなものが蹲っていた。

髪を山姥のように爆発させたそれは、糞尿にまみれて便所の隅に座っていた。

「――大川さん？　大川泰平君のお母さんですか？」

頬は抉《えぐ》れたように瘦けて、腕はほとんど骨だった。目は濁り、誰が見ても完全に衰弱している。

谷野に言われて南部さんたちは井戸の水を汲んでくると彼女に飲ませた。

空腹のあまり自分の糞尿を食べたのか、口からはとんでもない臭いが放たれていた。

「お母さん、息子さんは？」

谷野の問いに母親は反応を見せず、どす黒い水をげぼりと吐いた。

大川先生は母親と心中するつもりだったが、最後の最後で踏み止まったのだ。

南部さんは、そう思いたかった。

「ただ、どうして内側から閂《かんぬき》が掛かっていたのか、それが不思議だったな」

夏休みが終わり、新たな学期に入った。

始業式で校庭に集まった生徒たちの話題は当然、大川先生の失踪一色だった。

式辞の途中、校長に教師が寄ってきて耳打ちをした。

始業式は中断、生徒たちは教室へ戻るよう告げられた。

「大川先生の件で、何らかの動きがあったんだって思ったよ」

教室の窓から、校庭を走って行き来する警官の姿が見えた。

やがて、大川先生の代わりとして担任となった先生が、青い顔で教室に入ってきた。

彼は、大川先生が学校の井戸から発見されたことを生徒たちに伝えてしまった。

「よっぽど慌ててたんだろうな。配慮が足りなかった」

一瞬、教室はシンとなった。すると、一番前に座っていた女生徒が机の上に吐いた。

それが合図だったかのように、生徒たちが一斉に嘔吐しだした。

げぇ、おえぇ、うえっ。

教室に不快な音が連続する。悲鳴を上げる生徒もいた。泣く生徒もいた。

「その年は本当に暑かったからさ、みんな朝から井戸の水、がぶ飲みしてたんだよ」

細川君は人一倍吐いていた。彼はこの夏いちばん井戸水のお世話になっていた。

当然、南部さんも胃袋がひっくり返るほど吐いたという。


「まだ、話は続くんだよ」

井戸から遺体が発見された翌日、大川先生の母親が死んだ。

病院の便所の中で死亡しているのを、付き添っていた看護婦が発見した。

死因は伝わっていなかったが、学校では後追い自殺だろうと囁かれていた。

そんな噂が広まる中、別の後追い自殺が起きてしまった。

大川先生の飛び込んだ井戸に、女生徒が二人、それぞれ別の日に飛び込んだのだ。

「死んだ子たちと先生の関係が誰もわからなくてな。真面目な先生だったし、女生徒をたぶらかすようなタイプじゃなかった。かといって女生徒側に死ぬ理由があったとも聞かない」

よほど慕っていたんじゃないですか？

私がそういうと、南部さんはウーンと唸った。

そして、「ちょっと待ってろ」と二階へ上がり、紙袋を持って戻ってきた。

袋の中には、かなり古い写真が十数枚入っていた。

その中の一枚を私に見せる。白黒の集合写真だ。

裏に細い文字で〈二ノA　大川級〉と書かれている。

一番前の中央に座る、細面の真面目そうな男性。それが大川先生だった。

彼を囲んでいる学ラン姿の生徒たちの表情は緊張に固まっている。この時代、写真撮影はちょっとしたイベントごとだったのだろう。初々しい、普通にいい写真だ。

二枚目。

こちらも集合写真で、生徒たちの自然な表情がよく撮れている。各々、好きな位置に立って、肩を組んだり帽子を逆さに被ったり、一枚目と違って堅苦しさはない。

一見、これもいい写真なのだが――。

大川先生は、両隣の女生徒の肩に手をのせていた。

「この二人だよ、連れてかれちまったのは」

そう言われた瞬間、ぞくりとした。

大川先生の両手は、二人の女生徒の肩をしっかりと掴んでいる。

なぜかこの三人だけがギュッと圧縮したように縦に細まり、顔が狐のようになってしまっている。色もやや薄暗くなっていた。

「これを見ると、やっぱり先生も誰かを連れて行きたかったのかもなって思うよ」

南部さんの話は、これで終わりだった。

最後まで聞いても、よくわからない。只々、厭な気持ちにさせられる話だ。

私がそっと写真を返すと、南部さんは得意げな顔をした。

「こういうのだろ？　聞きたかった話って」

ええ、まあ。

私は曖昧に、返事をしておいた。

こっくりさん

平山夢明

中谷さんが中学三年の頃、クラスで〈こっくりさん〉が流行した。

「中学生なら誰でも尋ねるようなことばかりだったけどね」

放課後になると友だち同士で集まっては、テストの点や将来の恋人、自分のことを好きな男子の名を訊いてはその答えに一喜一憂して楽しんでいた。

ある日、女子ばかりでやっているとユニフォームを着た男子が入ってきた。

「その子はクラスのイジメっ子で、女子には嫌われてたんです。可愛い子にはデレデレしてるのに、そうじゃない子は髪の毛を引き毟って泣かせたりしても平気なんです。先生にも注意して貰うんですけれど、高校からもスカウトマンが見に来るぐらいの野球部のエースだったんで、先生もあまり強く叱ったりできなかったんですよね」

幼稚なことやってんなよ。

その生徒は彼女たちのなかに割って入ると「俺にもやらせろ」と云った。

「もう終わって帰るところだから……」

中谷さんがみなを代弁して云うと「関係ねえよ」と拳骨で目の脇を殴られた。

それを見ていた他の子は怖くなって「やめる」とは誰も云えなくなった。

「おまえらがいつもやってるみたいにしてみな」

彼はそう云うと彼女たちに〈こっくりさん〉を開始させた。

「なんだ、こんなの全然動かねえじゃん」

いつもはするすると滑るように動く〈こっくりさん〉だったが、ピクリともしなかった。

彼はそれに腹を立てたようで、友だちの頭を軽く叩くと「このなかで死ぬまで結婚できないのは誰でしょう?」「このなかで一番ブスは誰でしょう」などとやりだし、勝手に十円玉を動かした。そして「最後に一番みじめな死に方をするのは誰でしょう」と訊くと〈な〉〈か〉〈た〉〈に〉と動かし、笑って出て行った。

男子の姿が見えなくなると、頭を叩かれた女子がシクシク泣き出した。

「もう、学校でやるのやめよう……」

誰ともなく云い出し、みんな頷いた。

しらけた気分だった。何も言い返せない自分たちにも腹が立っていた。

その時、友だちが〈あ〉と息を呑んだ。

どうしたの？　と声を掛けると〈こっくりさん〉で使った紙を手にしていた。

「その子、一番熱心にやっていた子なんですけれど……」

机を見つめていた。

「なんだか黒く焼け焦げたような跡ついていたんです」

ひらがなで「お、ま、え」と書いてあるように見えた。

彼女たちは机を体育館にしまってある別のものと入れ替えた。あの男子に見つかったら大変だと思ったからである。


その後、男子は野球で有名な私立高校への推薦も決まった。学校でやらなくなった〈こっくりさん〉は、いつのまにか彼女たちのなかでは流行らなくなった。

「なんか……こっくりさん当たらなかったね」

卒業も間近になった頃、下校中の公園にいると、あの時頭を叩かれて泣き出した友だちがポツリと云った。

「あいつ、あちこちのクラスの女の子と付き合っては捨ててるみたいだし、性格最悪だし、絶対にこっくりさんのバチが当たると思ってたんだけどなあ」

「そうだね。でも、あの時、あいつが訊いたのはロクな死に方しないってことだから、まだまだ先だよ」

「でもさ、勉強もしないであんな有名な私大の付属にうかってさ。このまま行ったら順風満帆じゃん。ズルイよ、あたしなんかひとっつも良いことないんだから。こっくりさんもあいつを贔屓してるんだよ」

「そうかなあ」

そんな話をしてすぐのことだった。

「受験やらが終わった生徒たちだけでボウリングをしに行ったんです」

当然、あの男子もやってきた。男子生徒はみな、ヒーローを見るような扱いをしていたが、迷惑を掛けられていた女子たちは冷ややかだった。

が、そんなこととは関係なく、やはり腕力も運動神経も圧倒的に秀でている彼はストライクを連発させていた。

「おい！　おめえら！　拍手が足りねえんだよ！」

彼はそう云うと、中谷さんと仲間のところにやってきて頭を小突いていった。

「いやなやつ」友だちがそう呟いた瞬間だった。

投球フォームから振りかぶってボールを離した彼が、物凄い悲鳴を上げてレーンの上でのたうち回った。床に細かな血が飛び散っていた。

「うわあ！　うわあ！」

男子は右手を胸に抱えていた。真っ白なシャツが赤く濡れていた。

戻ってきたボールを見た女子が悲鳴を上げた。

指穴のひとつから白い骨が飛び出していたのである。

「人差し指が捻じ切られちゃってたんです。原因は凄い勢いで投げたせいにされてましたけど……そんなこと起きるんでしょうか」

男子生徒の推薦は取り消され、高校へは行かず、近所のビデオレンタル店で働いていたが、そのうちに姿を見なくなった。

二年ほど経って逢った者の話では、首から胸に掛けて鯉を咥えたキツネの刺青をしていたという。

給食

黒木あるじ

「本当に、思い出すだけでぞっとする。地獄だったよ」

そう語るのは四十代の事務職員、サエキさん。彼が「地獄」とまで言い切った思い出とは「学校給食」である。

彼は幼い頃、非常に食の細い子供であったのだという。

「食べたくても、すぐ苦しくなっちゃうんだ。胸のあたりまで食べ物がつかえている感じがして、ひと口も喉を通らなっちまうんだよ」

アレルギーへの配慮もあって、現在では給食を強制的に食べさせる学校は皆無である。しかし彼の小学生時代には、まだそのような配慮をする教師はほとんど存在しなかった。

「好き嫌いは悪。完食しないのは罪。それが普通だった」

結果、給食時間内に食べきれなかった児童は、昼休みも継続して残ったパンや牛乳と格闘する羽目に陥る。そして、サエキさんはそんな昼休み組の「常連」であったそうだ。

「今じゃあ信じられない仕打ちだけど、当時は当たり前だと思っていた。食べられないのは自分が悪いんだと、疑いもしなかったよ」


その日の給食は、いつもにもまして「強敵」だった。

「果物とヨーグルトを混ぜたフルーツポンチ。好きな子はお代わりをするくらいの人気メニューなんだけど、俺は乳製品を食べると腹が張っちゃう体質でさ。ふた口でギブアップ」

昼休みは、スプーンで皿をかき混ぜているうちに終わった。まるで減っていない皿を見た担任の女性教諭は「今日は食べきるまで帰しませんッ」と真っ赤な顔で彼に告げた。

「死刑宣告を受けた気分。だって食べられないんだもの」

放課後。

彼は担任の女性教諭が見守るなか、じっとフルーツポンチを睨んでいた。時計の針の音が静まった教室に響いている。窓の外からは、下校する生徒のお喋りが聞こえていた。

三十分あまりが過ぎた頃、別な教諭が担任を呼びにやってきた。

「……先生、ちょっと職員室で打ち合わせしなきゃいけなくなっちゃった」

解放されると安堵した彼の表情を見て、女性教諭が笑った。

「安心して、十五分で戻るから。このくらいの量なら、五分もあれば食べ終わるわよね」

恫喝《どうかつ》めいた台詞に身を強張らせるサエキさんを一瞥して、教諭は廊下へ姿を消した。

どうしよう。もし、先生が教室へ戻ってきた時に残していたら。

動悸が早くなる。耳鳴りがする。俯いた顔から、涙が机の上に、ぽたん、と垂れた。

「で、決意したんだよ。ああいうのを逆ギレって言うんだろうなあ」

サエキさんはおもむろにランドセルを開けると、フルーツポンチをその中へ注ぎこんだ。またたく間に、教科書やノートがヨーグルトで白く汚れていく。

どうにでもなれ。

空の皿を机に戻してランドセルを閉めたと同時に、女性教諭が教室へ戻ってきた。

「あら、食べたの……全部？　こんなに早く？　本当に？」

値踏みするようなまなざしで、サエキさんを睨む。逸らした視線が思わずランドセルへと移った瞬間を、教諭は見逃さなかった。

「ここかッ」

ランドセルを押さえようとしたサエキさんの手をはたいて、教諭がランドセルのカバーを一気にめくりあげた。

「私を騙せると……あら」

ランドセルの中には、まっさらな教科書が並んでいた。汚れどころか染みのひとつもない。女性教諭は教科書を一冊ずつ取り出して中を確かめたが、フルーツポンチの形跡はどこにも見あたらなかった。納得のいかない表情のまま。彼は解放される。

「平気な顔で教室を出たけど、心臓が飛び出そうだったよ。あのフルーツポンチはいったいどこに消えちまったんだって、狐につままれたような気分だった」

神様、かな。

誰とも解らぬ救世主に手を合わせ、サエキさんは家路へ急いだ。多感な時期の子供ゆえか、夕食の頃にはすっかりその出来事を忘れてしまっていたそうだ。

思い出すのはそれから十数年後、社会人になってからのことである。

「その日、俺はいつもどおりに会社へ出勤していたんだよ」

通勤ラッシュの電車、売店のおばちゃん、かならずつかまる赤信号。なにひとつ普段と変わらぬ朝に思えた。

変化が訪れたのはオフィスについて、ビジネスバッグを開けた瞬間だった。

「うわ」

中の書類がべたべたと何かで汚れている。一枚を摘まみあげて目を凝らしたサエキさんの口から「嘘だろ」と声が漏れた。

白い粘液と、その中に見え隠れするミカンやパインの切れ端。

「フルーツポンチだった」

鞄にまき散らされているのは、紛う事なき給食の残骸だった。

通勤中で誰かに悪戯をされた可能性も考えたものの、ロックされた鞄を気づかれぬようにこっそり開けてフルーツポンチを流しこむのは、どう頑張っても不可能である。

「ま、書類は汚れちゃったけど腹は立たなかったよ。なんたって、もともと流しこんだのは俺自身だからね。あの時のランドセルのツケを何十年か後に払ったわけだ」

長く生きてると、奇妙な体験ってのはあるもんだなあ。

サエキさんはそう言ってから、愉快そうに笑った。

不思議なことに、十数年を経ているにもかかわらずフルーツポンチにまったく腐った様子はなかったそうだ。

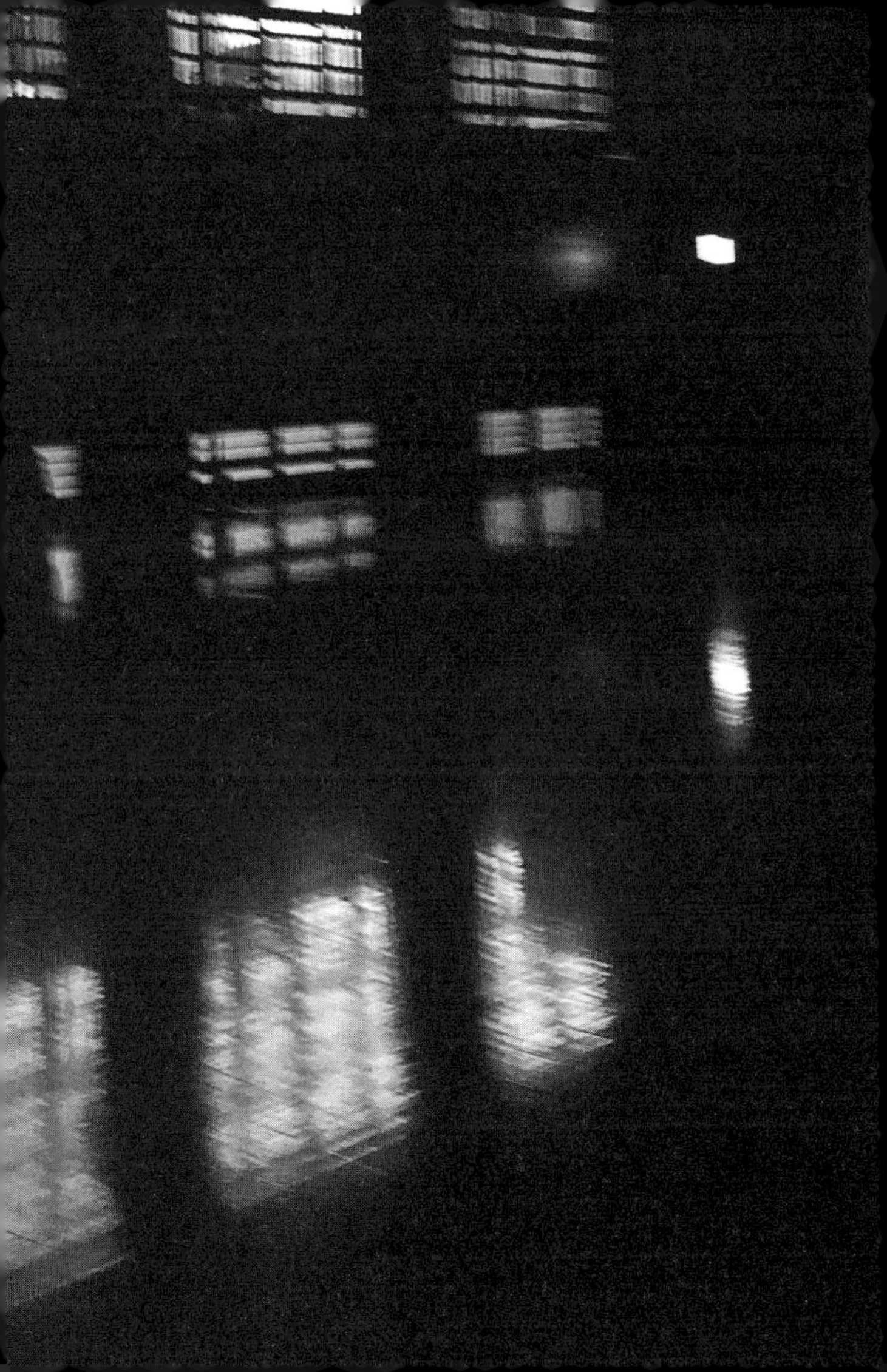

教育実習

平山夢明

中井さんは去年、教育実習生として都内の区立中学に派遣された。

「だいたい二週間から三週間なんですね。時期は五月から六月が普通」

中学生との出逢いは彼女にとっても強烈だった。と同時にいろいろと考えさせられることも多かった。

「自分が中学生だったときのことを殆ど忘れているんですよね。それでも行事のあれこれに参加してみると懐かしかったり、また自分の頃とは環境も考え方も、すべてにおいて変わっているとも実感しました」

特にゲームと携帯電話の普及が子供たちを質的に変えてしまったと見る教師が多い。

「実際、ある統計でドラクエの発売年とファミコンの発売年に大きく学力が低下しているという結果があるそうなんです。一概に決めつけてはいけませんが……」

それでも自分たちの頃よりも魅力的なツールが次々と誕生してくる時代に生きる彼らには、強い自制心が自然と求められ、それとともに強いストレスもかかっているんだなぁと彼女は肌で感じた。

実習も半ばに差し掛かったある日、三階の理科室の前で蹲っている女子を見つけた。

「どうしたの」

生徒は泣いていた。

「クラスはどこ？　大丈夫」

既に授業は終わっており、クラブ活動以外の生徒は下校し、校舎内はしんとしていた。トランペットを練習する音だけが長い廊下に響いていた。

「立てる？」

女子生徒は頷き、立ち上がった。胸の名札に〈園田〉とあった。

「保健室に行く？」

「ひとりで」

生徒はポツリと告げ、階段を下りていった。

「気になったんで職員室へ日誌を届けに行った帰り、保健室に寄ったんですけれど」

誰もきていないという話だった。
「青い名札だったので三年生だと思うんです」

夜、目が覚めた。
正確には起こされたのである。
〈…………〉
部屋の中で音がしていた。寝惚け眼で見回したが人影はなかった。
「両親の寝室は一階なので」
〈…………〉
人の声だった。
ベッドから身を起こそうとしたが動けなかった。
声が耳元に近付いてくるような気がしたが、何故かそこで眠ってしまった。
朝、酷く疲れていた。
「具合悪そうだけど……」
指導教諭に指摘されるまでもなく、中井さんは理科室で行われていた二時間目の終わり頃より目眩がし、足下がおぼつかなくなっていた。
「少し休みなさい」
そう勧められ、保健室に向かった。
薬をもらい、ベッドに横になると引き込まれるように寝入ってしまった。
気がつくと辺りはひっそりとしていた。
薄暗い天井が見えた。もう夕方なのかもしれない。
〈………〉
声が聞こえた。
ベッドの周りのカーテンは閉められていたが、部屋に人の気配はなかった。
〈……んせ……〉
「誰?」
口が動いた。全身が痺れたようにうまく動かせない。
〈せんせ……〉
声はごくごく近くから聞こえた。
〈せんせぇ。きて〉

姿は見えなかった。不意に頬に何かが触れた。

「誰？」

身を起こそうとついた手が滑った。大きくバランスを崩した中井さんはそのままベッドから落ち、床に叩きつけられた。

目の前に顔があった。

それはベッドの下にいた。

反射的に中井さんは後退った。が、すぐ壁に背が当たってしまった。

ベッドの下のものは、ゆっくりと這いだしてきた。

泥の付いた制服はこの学校のものだった。

俯く頭がこちらへ向いていた。べっとりと何かで濡れた髪が揺れ、その隙間から頭の中身が赤く露出していた。

〈せんせ……きて〉

ぐらぐらと頼りなく首を振りながら、それは中井さんの足をきゅっと掴んだ。

鉄錆《てつさび》の臭いが鼻を突いた。

〈せんせ……〉

膝にぽろぽろと欠けた歯が落ちた。

〈行こ……行こよ〉

顔が上げられた。無数の傷でずたずたになったそこは眼窩が崩れ、膿んだ魚のように大きな目玉が鼻の横に流れていた。

喉が爆発した。

自分が悲鳴を上げているのだと気付くと、そのままわからなくなった。


中井さんは保健室の床で失神しているところを見つかり、その日は早退させられた。

日誌のことを校長先生から訊ねられたのは翌日だった。

「それで、この園田って生徒。理科室前にいたんだね?」

中井さんが頷くと校長は考え込んでしまった。

「あのね……この生徒っていうか、理科室前に誰かがいても気にしなくていいですから」

「はい」

「詳しい話はできないけれど……まあ調べれば誰でもわかることだから。ウチはひとり死んでいるんだ。いじめでね。園田という子が、もう五年になるが制服のまま飛び降りた」

「はい」

「吹聴されては困る。生徒が動揺するし……。わかるね、この意味」

「はい」

中井さんの実習報告書には、早退の事実は書き込まれなかった。

その後、中井さんのもとには教職の採用の打診が来ていた。

あの中学である。

「今の状況だと行くしかないと思ってます」

彼女はハーッと溜息を吐いた。

ニノキン

神沼三平太

「小学校で学校の怪談ってあったけど、覚えてる？」

武井がそんなことを言い出した。年末に帰省した際に、久しぶりに同期で集まって酒を飲み、その二次会での話だ。メンバーは、自分と武井、大林、鈴木の四人である。

「美術室の前の廊下をモナリザが追いかけてくるってのは覚えてるな」

「ベートーベンの目が動くってのもあったぞ」

「音楽室なら夜中にピアノの音がするって奴じゃなかった？」

「それ誰が聞いたんだよ」

「廊下の合わせ鏡。具体的には覚えてないけど」

「俺らの時代だと、花子さんとかいなかったよな」

「十三階段はあった気がする」

次々と子供騙しのような他愛もない怪談が連ねられていく。

「校庭の二宮金次郎がランニングしてるってのもあったね」

これで七つ上がっただろうか。それにしても二宮金次郎像とは懐かしい。確かクラスの集合写真を、あの像の下で撮ったはずだ。

「そうそう。最近の小学校には二宮金次郎像がないらしいぜ」

大林が思い出したように話を振った。確かに自分の子供たちが通っている小学校にも二宮金次郎像はない。理由を訊くと、彼は思い出すようにして続けた。

「なんか、児童労働を思い起こさせるとか、ながらスマホを思い出させるとか、何かそういう理由だった気がする」

その場で鈴木がスマホで検索し、確かにそういう記事があるねと言った。

どうも最近の二宮金次郎像は、背負っていた薪に座って本を読んでいるらしい。それでは労働中に単にサボって本を読んでいるだけではないか。

「帰りに、小学校のニノキンを確認していかねえ?」

店から出たところで武井がそんな奇妙な提案をした。

その提案に、俺らは方向違うから帰るよと、鈴木と大林は手をひらひら振ってその場を去った。この寒空にわざわざ方向違いの二人を誘うこともない。

二人を見送ると武井が笑顔を見せた。

「そんじゃ、行こうぜ」

駅前に出てタクシーで帰ろうかと思っていたが、酔い覚ましに二人で歩くことにした。

小学校までは、小学生の足では結構あるように感じていたが、大人の足で歩いてみると意外とあっという間だった。

「門とか閉まってると思ってたけど、ここは夜でも開いてるんだな」

正門の脇の通用門が開けっぱなしになっている。不用心だ。

自分の子供たちが通っている学校は管理が行き届いているのか、正門も裏門も放課後になると閉められてしまう。地域に開放もしていないので、小学生が夕暮れまで校庭で遊んでいるなどということもない。こちらはまだ大らかなのかと考える。

いや、今はそれよりもニノキンだ。

武井の方を振り返ると、正門ごしに校庭を覗いている。

「お。まだあるみたいだぞ」

意外そうな声を上げた。先ほど読んだ記事では、全国的に二宮金次郎像が減っていることが報告されていた。もしかしたら、この自治体では、単純に撤去費用が捻出できていないということなのかもしれない。

「ちょっと俺、記念写真とか撮りたいんだけど」

男二人でツーショットかと思ったが、武井は二宮金次郎像と記念写真が撮りたいのだという。いつ撤去されるかわからないなら、思い出に残しておきたいというのだ。

武井の提案に、なら撮ってやるよと二人で敷地に立ち入った。

二宮金次郎像の台座に手を突き、ポーズを取る武井をスマホで撮った。続けて自分も撮影してもらった。

「ところで、二宮金次郎って、何した人？」

「さぁ？　仕事中にながら読書してたってのはわかるけど」

「たぶん、勉強が大事ってことなんだろう」

いい加減なものである。ただ、思い返してみると、具体的なことは小学校の時も教わっていなかった気がする。

「へぇー」

武井が像の裏側に回って声を上げた。

「この台座、ドアがあるぞ」

裏に回って確認すると、コンクリート製の台座には、小さなドアが付いていた。

「あ、開いた」

止める間もなく、武井はそのドアのノブを回した。ドアの内側には階段があり、地下へと続いている。彼は迷いもなくそこに足を踏み入れた。

「大丈夫なのか？」

地下へと続く階段は、子供サイズで頭がつっかえた。そこを武井はスマホのライトだけを頼りにどんどん下りていく。仕方がないので自分も後ろをついていく。

三十段ほど下りると、またドアがあった。武井は躊躇なくそのノブを開けた。

「やっぱりここだったんだ」

武井はスマホを掲げた。薄暗い中に、小学生ほどの背丈の何かが並んでいた。光が届かないので正確な数はわからないが、おそらく百体ではきかないだろう。

そこに集められていたのは、全て二宮金次郎像だった。

「俺さ、昔、ここに迷い込んだことがあるんだよ。ずっと変な夢でも見ていたんじゃないかと思ってたんだけど、実在してたんだなぁ」

武井は妙に感慨深げな口調でそう告げた。

並んでる二宮金次郎像の列も、スマートフォンで写真に収めた。

武井からは明日またちゃんとした機材を持っていこうと誘われた。だが明日は大晦日だ。実家で色々と買い出しも頼まれている。

彼にはそう告げて同行を断った。


正月の三日に武井から電話があった。

彼は妙に暗い声で、「あそこに入っちゃいけなかったんだよ」と言い、すぐに電話を切った。

彼に何があったのかと疑問に思い、家族にはコンビニに行くついでに散歩すると言い残して小学校まで足を伸ばした。校庭に昼間に立ち入るのもどうかと思ったが、注意されたら注意されただ。

二宮金次郎像のあった一角まで足を進める。そもそも先日見たはずの像自体は取り除かれており、コンクリートの台座だけが残っていた。

その台座の周りを回っても、あの扉はなかった。

あの夜は何だったのだろうと、首を傾げつつ四方から写真を撮る。その時、地下で撮った大量の二宮金次郎像の写真が、真っ黒に潰れているのに気づいた。

何か大きな勘違いでもしているのだろうか。それとも――。

武井とはそれから二度ほど会ったが、電話をした記憶はないという。彼が撮った写真も真っ黒に潰れていた。

一体、あの地下の部屋は何だったのか、今も二人で語り合うことがあるが、全くの不明である。

ムラタカヨ

黒 史郎

栃沢さんが小学生の頃、村田佳代というクラスメイトがいた。

背は男子の誰よりも高く、髪が腰まであり、いつも俯き加減。人と言葉を交わすことはなく、ほとんど動かず、気がつくと隅に一人でポツンと立っている。

言い方は悪いが、まるで幽霊のような存在だったという。

「顔は可愛い方だったと思うんですけど、なにせどん臭くて」

ドッジボールをしても黙って当てられているだけで、避ける動作は一切ない。顔面に当てられても痛がるわけでもなく、泣くわけでもなく、ただ一点を見つめている。

「クラスの中心っぽい活発な女子に、よく体育の時間に文句を言われてました。きっと足手まとい的なことを言われてたんでしょうね。班決めの時も名前がムラタカヨだから、『なんだ、村田かよ』って煙たい顔をされてました。半イジメられっ子って感じでしたね」

なにをされても、なにをいわれても、感情を見せることはほとんどなかった。本格的なイジメにまで発展しなかったのは、あまりに反応がなく、張り合いがなかったからだろうという。

「クラスでは、いないに等しい扱いでしたよ」

そんな彼女が注目を浴びたことが、二度だけあった。

一度目は、修学旅行の集合写真である。

パーキングエリアでバスの前で撮影された一枚だ。

いちばん背が高い村田佳代は最後列に並んでいたが、その後ろに人のようなものが二つ、映り込んでいた。ぼやけてははっきりとはわからないが、どちらも髪の毛があり、顔があり、それぞれ灰っぽい青色とベージュの服を着ているように見える。

なんとなくだが、男女であることもわかった。

男の方はこれといった特徴がないが、女の方は顔色がどす黒く、よく見ると両手で顔を覆っているようにも見える。

その男女のあいだにいる村田佳代は、光の入り込みのせいか顔が赤かった。

「心霊写真だって大騒ぎになりました。彼女の写るそこだけ、異質な空間のようになっていて、他は陽が当たっているのに彼女のあたりだけが暗いんです」

まるで幽霊の家族が映り込んだみたいに見えた。ただでさえ陰気な印象だった彼女は、こうしてますます気味悪がられ、そしてまた孤立していった。

その写真が撮られて、まもなくのことだった。

村田佳代の父親が逮捕された。

妻を刃物で刺して殺害、無理心中をはかろうとしたのか、娘にも怪我を負わせた。

妻と娘は二人とも、執拗に顔を切りつけられたという。

これが、二度目の注目である。

「さすがに小学生でも、不謹慎だってわかったんでしょう。誰も写真のことを話題にしなくなりました」

村田佳代は学校に姿を見せなくなった。

プリントやテストはクラスメイトが交替で彼女の家へ持っていった。いつも対応するのは祖母らしき人だったが、一度だけ村田佳代と会った女子がいた。

村田佳代の顔には大きな引き攣《つ》りがあり、あんなに寡黙だったのに、まるで人が変わったようにペラペラとよく喋るので気味が悪かったそうだ。

体育館の床

平山夢明

Sさんが通っていた高校の体育館には変なものがあった。それは丁度、体育館の中央。また式典などがある時の教壇の正面にあたる床にある。

離れたところからだと丸いボールをぶつけた跡に見えるが、側に寄るともっと瘢痕《はんこん》が鮮明であることに気づく。

一見してそれが〈顔〉であると誰にでもわかるほどハッキリしている。

なぜ、こんなところに顔の跡があるのかには諸説あった。歴史の古い高校でもあったので戦争で空襲時に逃げ遅れた人の無念が形になったのだとか、受験に失敗した志願者の無念であるとか、またはイジメに遭って自殺した学生の恨みであるとか、説明する人によって違うのである——しかし、不気味であることに違いはなかった。

事実、全校集会などではその周囲だけ失神者が多かった。それも普段から保健室の厄介になっているような常連組ではなく運動部の部長や全国大会クラスの選手までもが突然、大きな音を立てて倒れることがあった。いずれも本人たちには直前まで兆候はなく、気づいたら倒れていたと狐に摘まれたような顔をしている者も多かった。

Sさんが在学中にも一度、過去にも何度か床板を剥がす工事が行われたが、それでも暫くすると〈顔〉が浮かび上がった。業者は床下にある土壌からの湿気が原因なのだろうと説明したらしいが、勿論それで十分に納得する者はなかった。

また失神者だけではなく怪我人も頻発した。特にバスケとバレーボール、体操は深刻だった。バスケでは練習中の当たりによる骨折、バレーボールも捕球時のダイブによる怪我、ただでさえ怪我人の多かった体操部では誰も触っていないのに鉄棒が真ん中から折れてしまうことがあった。

故にそれぞれが〈顔〉に触れないように変則的な場の使い方をするようになった。〈顔〉を丸く囲むようにして使うのである。

ある時、新聞部の生徒が本格的に〈顔〉について調べたことがあった。すると意外にも〈顔〉の噂が始まったのは十数年前であることがわかった。当時の教師が打ち明けた情報が最も信頼度が高く、それによると不良グループから執拗なイジメに遭っていた生徒による転落死亡事故が発端だというのである。

体育館の屋根には支えるように張られた弓形の梁《はり》がある。一応、二階建ての仕組みにはなっているが、建物の形状が蒲鉾《かまぼこ》型であるので鉄骨の梁から床までの高さは優に三階以上になる。イジメられていた生徒はその梁を端から端まで渡るよう強要され、結果、一番高い弓の背になっている部分から墜落したのだという。新聞にも掲載されたが、どういう経緯があったのかイジメうんぬんには全く触れられておらず、単にふざけて昇った生徒が誤って転落というくくりになっていた。

以来、〈顔〉が浮かぶようになったのだという。


Sさんは体育館の当番になったことがあった。当時、体操部に所属していた彼女は同じ一年生同士で練習後、体育館の戸締まりをしなくてはならなかった。当番は体育館を使用する各クラブが一ヶ月ごとに持ち回りで行っていて、大抵は新入生が担当となった。

Sさんたち一年生は五人。全員で窓や引き戸の確認をする。そして最後に照明を消して職員室に鍵を返却するのである。

ある時、校門を出たところで、体育館に体操着の忘れ物をしたと仲間が云った。その子と同じ方向なのはSさんだけだった。校門で待っていてと彼女は云うと職員室に駆け出していった。他のメンバーは部活の疲れから先に帰っていった。

五分ほど待っていたが友だちが帰ってくる様子はなかった。見ればまだ体育館の照明が点いている。中に入ると仲間の姿はなかった。

Sさんは声を掛けてみた。すると、はーいと舞台下から返事が聞こえた。そこは用具倉庫にもなっていた。Sさんは、大丈夫？　とまた声を掛けた。しかし、今度は返事の代わりにガタンと何かが倒れるような大きな音がした。ハッとした瞬間、体育館の全照明が落ちた。用具倉庫を階段上から覗く形になっていたSさんは奈落のように暗い用具倉庫にそれ以上、進むことができなくなった。

大丈夫？　もう一度声を掛ける。と、その時、体育館の中を壁に沿って歩く人影が見えた。

用具倉庫の出入り口は舞台の下手と上手にある。向こう側から出たんだな。そう思ったSさんは声を掛けながら近づいた。体育館の中は窓明かりで仄明るい。

もう、びっくりさせないでよ！

壁に沿うように歩いている仲間の肩をいたずらで叩こうとして手が止まった。そして凍りついている彼女に向かい、相手が振り向いた。踏みつけられたトマトのようなものが肩から生えていた。Sさんを見つけたそれは手前に一歩踏み出した。

体育館の中央付近で、何か濡れたものが床に落ちて弾ける音がした。

Sさんは悲鳴を上げると体育館を飛び出した。

校門まで来ると、忘れ物を取りに行ったはずの仲間が待っていた。Sさんの様子を見て驚いた彼女は、体育館が開いているはずはないと云った。彼女は出入り口脇にあった体操着入れを掴むとすぐに施錠し、戻って来たというのだ。それでも開いていたと主張するSさんに仲間は鍵が開いていたら大変だからと一緒に確認しに行こうと云った。

体育館まで来ると照明は消えており、施錠もされていた。

帰宅すると頬に血を指で掃いたような跡がついていた。

Sさんはクラブを辞めた。

ものまね

渋川紀秀

平成の初め頃、リクさんが中高一貫の男子高に通っていた時、同じバスケ部に所属していたMという友人がいた。

Mは教師たちのものまねが得意だった。

その男子校は校則がやたらと細かくて、教師たちは少しでもルールから逸脱しようとする生徒に厳しくしてきた。

廊下でヤンチャな生徒が教師に顔を殴られ、口から血を流している様子を、リクさんは何度か見かけたことがあった。

厳しい教師たちの中でも、特に嫌われていたのは、体育教師のT先生だった。

Mは体育の授業が終わって教室に帰ってくる間に、ばれないようにしてT先生のものまねをして、周りを笑わせていた。

バスケ部の部活帰りに、Mはポケットから取り出して、黒い小さなものを見せた。

T先生が授業中に首から下げている笛に見えた。

「たぶんあいつ、バスケの授業で忘れたんだよ。見つけたから拾っといた。汚ねえドブにでも捨ててやろうと思ってさ」

Mはそう言うと、笛をポケットにしまってから、T先生のものまねをして、部活仲間を笑わせた。

今日はいつになくものまねに熱が入ってるなあ、とリクさんは思った。

Mは身振り手振りを交えて、T先生が生徒を叱り飛ばす時の真似をしていた。周りが腹をよじりながら笑う。

突然、Mはポケットに手を突っ込み、黒い笛を取り出して、口にくわえた。

「うわ、きったねえ、それ、Tが口付けてるやつじゃねえかよ」

「きったねえ」

周りは笑いながらMの様子を見ていた。

Mの様子がおかしい、とリクさんは思った。

ピッ、ピッ、ピピイーッ、ピッ、ピッ、ピイッ……。

眼を見開いて、首を震わせながら、Mは、笛を断続的に鳴らしている。

息を吸うのを止めているのか、Mの顔が真っ赤になっていった。

それまで笑っていた周りの友達も、Mを心配しだした。

「おい、M、大丈夫かよ」

リクさんがMの肩を掴んで揺さぶっても、Mは赤い顔のまま目を剥《む》いて、笛を断続的に鳴らし続けた。

「やめろって」

リクさんが無理やりMの手から黒い笛を奪い取り、茂みに投げ捨てると、Mは脚の力が抜けたように倒れてしまった。

リクさんたちが、だいじょうぶか、などと声をかけているとMはやがて目を覚ました。

Mは、黒い笛を拾ったことすらも覚えていなかった。

次の日の授業前、リクさんのクラスの担任が、体育のT先生が車の運転中に事故に遭った、と発表した。

T先生が学校に戻ってくるまで、数か月かかるかもしれない、と担任は言った。

クラスがざわめいて、嬉しそうな声が混じり、不謹慎だぞ、と担任が注意した。

それを聞いて、リクさんはMの昨日の妙な「ものまね」を思い返した。

昼休み、リクさんは友人の一人から、たまたまT先生の事故を目撃した時の話を聞いた。

T先生は割れたフロントガラスにまみれて、額から血を流して顔を真っ赤にしながら、断続的にクラクションを鳴らしていたのだという。

明滅

平山夢明

大森さんのおじいさんの話。

昔、学校の用務員をしていた友人の元に、どうせ夜中は暇だろうと一升瓶を持ってご機嫌伺いに行ったという。

暫く、酒を酌み交わした後、友人は「見回りに行く」と用務員室を出て行った。ストーブの上で薬缶がシュンシュン音を立てるのを聞いていると、友人が「なんか変だ」と厭な顔をして戻ってきた。

どうしたんだ、と訊くと、ある場所に行くと懐中電灯が明滅する、と話した。

「電池がないんじゃないのか」

「違う」と断言する。

そういう懸念もあったので、今夜は気を付けて乾電池は新しいものを詰めたという。

「明滅するのが怖いのか？」と訊くと「怖くはないが、不気味で気が塞いで仕方がない」となんだか青ざめたような顔をするので、大森さんのおじいさんが「よし、次は俺が行って原因を突き止めてやろう」と請け負った。

すると友人は「ほんとかい？」と嬉しそうに笑った。

次の見回りは三時だという。その間、ふたりでメザシを焼きながら焼酎を酌み交わしていた。

「此処は昔、沼だったんだよ」不意に友人が呟いた。

「この辺りは土が悪くてね。田圃にしようにも掘るとすぐに濁った水が溢れる腐れ場だったんだよ。だから、土葬しようにも水が上がって死体が悪く腐る。病気の元になるからと土葬はしないものの、身寄りの無くなった者や行き倒れなんかは沼に投げ込んだんだよ」

こいつ、俺を怖がらせようとしてやがる……大森さんのおじいさんはそう思った。

「ほお。それじゃあ、余計に楽しみだ」

友人はそれを聞くと面白くなかったような空気になり、それ以上は学校について話そうとはしなかった。

瓶の中身が半分以上減った頃、廊下の彼方から時計が三度打つのが聞こえてきた。

「じゃあ、俺が行ってくるわ」

懐中電灯を受け取った大森さんのおじいさんは立ち上がった。

「明滅するのは、三階の音楽室の前だから……」

用務員室から顔を覗かせた友だちが云って、引っ込んだ。


田舎の中学校は都会のものとは雰囲気ががらりと違う。まして木造である。歩けばどこかの板が軋んで鳴いた。

月は出ていたが雲が多く、隠れては忘れた頃に出るといった程度だった。近くに明かりを点けている大きなビルもない。

三階の廊下は暗い海にも似て、懐中電灯の明かりだけが廊下の継ぎ目を浮かび上がらせていた。廊下を真ん中に右手に教室、左側は窓が並んでいた。

その時、懐中電灯の丸い光が、ふっふっと瞬きするうちに明滅した。

〈！〉

足を止め、教室の表示板を見ると〈音楽室〉とあった。

建て付けの悪い戸を開けてなかに入る。天井に近いところに作曲家の肖像画のようなものが貼り付けてあった。窓際にピアノが一台。懐中電灯の光で掻き回すように室内をぐるぐるすると「悪さをするなよ！」と声に出してみた。

その時、一度だけ〈キン〉と乾いたピアノの音がした。

咄嗟に明かりを向けるが、勿論、誰も居るはずがなかった。

近づくとピアノの蓋も閉まっている。

〈ふん〉大袈裟に鼻を鳴らすと大森さんのおじいさんは音楽室を出た。

廊下をもう少し進めば途中に階段がある。下りたら用務員室に早く戻って、友人にピアノの鍵盤が鳴ったことを教えてやろう、きっと怖がるだろうと思うとわくわくした。

月が雲にすっぽりと包まれてしまい、さっきよりも闇が濃くなった。

ぼうっと白い壁が光の輪の中に浮かんだ。はて、突き当たりは教室じゃなかったかと思いながら階段を下りようとしたが——階段はなく、教室の窓があった。

表示板には〈音楽室〉と書いてある。

大森さんのおじいさんは混乱した。音楽室を出た自分は、暫く廊下を進んだはずだ。

しかし目の前には白い壁がある。

ぽろろん……と、ピアノが鳴った。

大森さんのおじいさんはドアを開けると「誰だ!」と懐中電灯を向けた。

すると机の下に隠れていた黒い影が、屈んだまま逃げようとした。

「待て、コラ!」大森さんのおじいさんは逃がすものかと追った。

相手は教室のなかを少しの間、駆け回ると大森さんのおじいさんとは別の出入り口から廊下に出た。大森さんのおじいさんもその後に続いた。

「あ」廊下に出たおじいさんは立ちすくんでしまった。

同じように廊下には懐中電灯を持った人間がいた。

「なんだ、おまえ来てたのか!」安堵の声を漏らすと相手の懐中電灯が下がった。返事の無いことを不審に思って、相手を照らすと相手も自分の顔を照らしてきた。

「おい、ふざけるなよ」

近づこうとして大森さんのおじいさんの顔色が変わった。そこにいるのは自分だった。

天井一杯もある大きな鏡が目の前にあったのである。

振り返ると白い壁。

「なんだよ、これ……」思わず絶句した途端、鏡の奥からこちらに向かって駆けてくるものがある。それは白くうねった人間の塊で、十人、二十人、いや百人近い人間が地響きを立てて鏡から飛び出そうとした。

「うわ！」思わず、大森さんのおじいさんは頭を抱えて蹲った。

辺りは静まり返っていた。

ソッと目を開けると、ぐるりと自分を白い顔が覗き込んでいたという。

いずれも目玉はなく、黒い穴だけが開いていた。

大森さんのおじいさんは、わからなくなってしまった。


「で、じいさん、廊下で倒れていたらしいよ」

帰りが遅いのを心配した友人がやって来て、大森さんのおじいさんを発見した。

「大丈夫か〉と云われたので、大森さんのおじいさんは「怖かった」というのは癪だったので「酔っ払って寝ちまったよ」と誤魔化した。

「ずいぶん、汗を掻いてるけど」

「これは早足で見回ったからだ」

「ふーん。じゃあ、部屋に戻って一杯やろう」

「ああ」

用務員室に向かう途中、前を歩く友人が尚もおかしそうに「ほんとに酔ったのか？　怖くて気を失ってたんだろ」と混ぜ返してきた。

「莫迦、おまえと一緒にするな」

早く用務員室に戻ってひと息つきたい気持ちを抑えて、大森さんのおじいさんは強く云った。

「別に何にもなかったぞ。やはりおまえの思い過ごしさ」

「そうかなあ」

「怖い怖いと思うから、なんでもかんでも怖く見えるんだ。少しは度胸をつけないと、どんな仕事でも勤まらないぞ」

「いけないよ」

「なに？」

「嘘は」

不意に前を歩いていた友人の首が真後ろにボキリと折れ、背中の真ん中で逆さまにぶら下がったまま、大森さんのおじいさんを睨んだ。

「嘘さ」

その途端、後ろから躰をがっしりと幾本かの腕で掴まれ、大森さんのおじいさんは昏倒した。

「気がつくと、今度は本当に用務員室だったらしいけどな。朝になるまで口も利けずに震えていて、様子を見に来て助けてくれた友だちをバケモノだと疑っていたらしいぜ」

いまはその学校も建て替えられ、鉄筋の立派な校舎になっているという。

西川君

郷内心瞳

知美《ともみ》さんが高校時代、同級生に西川憲明《にしかわのりあき》君という子がいた。

物静かで口数も少ない生徒だったが、どことなく大人びた雰囲気の漂う男の子だった。

知美さんは密かに西川君のことが好きだった。しかし人見知りな性格だった知美さんは、なかなか彼に声をかける勇気が持てず、気づけば卒業式を迎えていた。

とうとう何も言えなかった。西川君と会うことも、もうないのかもしれないな……。うら悲しい気持ちになりながらも、彼の思い出にすがりつくように卒業アルバムを開く。いない。

アルバムに並ぶクラスメイトの写真をどれだけ探しても、西川君の姿が見当たらない。

二年生では彼と一緒のクラスだった。だから写真が載っていないわけがない。

しかしどれだけ探しても、知美さんのクラスに西川君の写真は見つからなかった。

ひょっとしたら掲載ミスで、別のクラスに紛れこんでいるのでは……。

そんなことも思い、卒業生の写真をクラスごとにひとつひとつチェックしてみた。

だが、それでもやはり西川君の写真は見つからない。

それでもあきらめきれず何度もアルバムを調べていくうち、あるクラスメイトの写真にはたと目が留まった。

西川郁美《いくみ》という少女の写真である。

同じ女子だというのにまるで見覚えのない娘だった。しかし苗字は西川君と同じである。

そればかりか顔立ちや雰囲気も、なんとなく西川君と似通うものがあった。

頭が混乱した。何が起きているのか、あるいは起きたのか、まったく理解できなかった。

一瞬、自分の勘違いなのかと考えもしたが、そんなはずがあるわけもない。

この三年間、自分はずっと西川君を見つめ続けてきたのだから。

端正な顔立ちも華奢な身体つきも、時折見せる朗らかな笑顔も、声も仕草も髪型も全部。

全部記憶に残っている。三年間抱き続けた、淡い恋心と一緒に。

強い不安に駆られ、数少ない友人に電話を入れた。すぐさま西川君について尋ねてみる。

「西川君？　西川〝君〟って男子じゃないんだからさあ、西川さんのことでしょう？」

電話に応じた友人は、呆れた様子の笑い声をあげた。

「違う！　西川さんじゃなくて、西川君のことだよ！　覚えてない？　今だから言うけど、わたし西川君のこと好きだったの！　知ってるでしょ、西川君？」

わずかな沈黙のあと、それでもやはり友人は「ごめん、知らない」と答えた。

通話が終わると、知美さんは自室のベッドに顔をうずめて泣きじゃくった。

大切な人がこの世から消えた。一瞬で消えた。それも思いもよらぬ理不尽な形で。

心にぽっかり穴が開いたような、凄まじい喪失感に見舞われた。

その後も繰り返しアルバムを調べ直してみたが、結局、西川君の姿は見つからなかった。


月日は流れ、知美さんが成人式を迎えた日のこと。

高校の同窓会が開かれることになった。

会場の居酒屋に入ってテーブルにつくと、西川郁美さんの姿が目に入った。

遠目に横顔をそっと眺めれば、やはりなんとなく西川君の面影を感じてしまう。

どうしようかとしばらく逡巡していたが、思いきって声をかけてみることにした。

緊張しながら隣に座り、挨拶をかわす。西川さんは物静かで口数も少ない人物だったが、物腰は穏やかで柔らかく、人見知りな知美さんも落ち着いた雰囲気で話すことができた。覚えたての酒を控え目に酌み交わしながら言葉を重ね合っていると、だんだんと気安い話題も話せるようになってきた。

酒の勢いにも押され、意を決して西川君の話を向けてみる。

どうせ笑われるか白けられるかのどちらかだろう。心の中では後悔しながら話し終えた知美さんに対し、だが西川さんのほうはとても物憂げな表情を浮かべてみせた。

「わたしね、二卵性双生児だったの」

西川さんはそう言って、こくりと小さくうなずいた。

双子の兄は西川さんが五歳の時に重い病を患い、亡くなっているのだという。名を憲明といった。高校時代の西川君と同じ名前である。

「双子って、不思議なんだよ。片方が死んでも、ずっと気配を感じるの。だからわたしはお兄ちゃんがいなくなってからも、ずっと一緒にいるような気がしてた」

きっとわたしの姿に重ねて、知美さんにはお兄ちゃんが見えてたんだね――。

そう言って西川さんは、目に薄く涙を浮かべて微笑んだ。

「ねえ、知美さんに見えてたお兄ちゃんってどんな感じだった？　気配は感じるんだけど、わたしは一回も見たことがないの。聞かせて」

その後は高校時代の西川憲明君の思い出話に、西川さんとふたりで大輪の花を咲かせた。

こうして知美さんの恋は、儚《はかな》くも終わりを迎えてしまったのだけれど、代わりに彼女はこの夜、西川郁美さんという親友と大事な縁が結ばれるようになった。

今でも時々、高校時代の西川君の思い出をふたりで楽しく語り合うのだという。

西側のトイレ

神沼三平太

希美さんが小学四年生の時分の体験である。

彼女の通っていた小学校には、校舎の西端と東端の二箇所にトイレがあった。彼女自身は西側の教室だったこともあり、そちらのトイレを使用するのが当然なのだが、彼女は在学中に、基本的に東側のトイレを使っている。

東側のトイレには、幽霊が出るという噂があったが、なぜか特に嫌がられることもなく、普通に使われていた。だが西側のトイレは違っていた。生徒達はそこを一人で利用するのを極端に怖がっていたのだ。

「ゆーちゃん、トイレ付き合って」

「いいよー」

ここまでは小学生には普通のことだろう。違うのは西側の生徒は一緒にトイレの個室に入るのだ。無論用を足している間、もう一人は壁に顔をつけて見ないようにする。個室に二人でなく、多い時には四人で入っている時もあった。

異常だ。

だが、希美さんの記憶では、これは西側のトイレを利用する生徒は全員が行っていた。彼女は先述の通り東側のトイレまで通っていたので、この風習とは無縁だった。元々西側のトイレを気持ち悪く感じていたのが理由である。

だが、教室から距離があるので、ほとんどの生徒は西側のトイレに連れ立って通っていた。西側のトイレを使う学年は二年生から五年生までの半分にあたるクラスだ。一年と六年は教室の配置の関係で、西側のトイレは使わない。それらのクラスの女子全員が、皆同じように〈個室まで連れション〉をしていたという。

「先生、トイレ行きたいです」

授業中に一人が声を上げるともう一人が付き添いのように教室から出ていく。教師もそれには何も言わない。意味不明な奇妙で気味の悪い習慣だった。

「ねぇ、希美ちゃんはどうして東側のトイレに行くの？」

ある時友人に、そう声を掛けられた。

トイレには一人で入るのが当たり前だから。そう答えてもいいものだろうか。

暗に皆が異常だと告げるのは憚られるだろう。

「皆はどうして一人でトイレに入らないの？」

「え？　希美ちゃん知らないの？　お化けが出るからだよ」

「先生だって一人で入らなくていいよって言ってくれたよ」

「閉じ込められちゃうから、一人は駄目なんだよ」

「一人でトイレに入ると、怖い目にあうんだよ」

女子たちは口々に奇妙なことを口にする。

「誰だっけ、話してたの」

「四年一組の沢口さんだったっけ」

人数もあまり多くない学校なので、沢口さんのことは知っていた。可愛らしい女の子で、しっかり者だという印象だ。

女子達の話を総合すると、以下のようになる。

沢口さんは休憩時間にトイレに行くと言い残して教室を出て行った。

授業が始まってすぐに彼女が戻っていないことに気づき、どうしたのかという話になった。教師は、沢口さんは保健室にでも行っているのかと訊いたが、誰もそんな話は聞いていない。「先生、沢口さん、トイレです!」そうある女子が口にした。

その直後、女子の悲鳴が廊下に響き渡った。

教師が廊下に出ると、叫び声は西側のトイレから聞こえてくる。

「嫌だ! やめて!」

必死の悲鳴。不審者にでも襲われたのだろうか。

慌てて教師が声を頼りに女子トイレへと入る。すると個室の中から暴れる音と沢口さんの声が聞こえた。

教師が外から声を掛けても、叫び声を上げてばたばたと暴れるばかりで話が通じない。

次々と他の教師もやってきた。

声を掛けても埒が明かないので、上から個室に乗り込む事になった。

個室の中に入る。泣きわめく沢口さんを抱き上げて、保健室へと運んだ。

しばらくして落ち着いた沢口さんは次のように話したという。

用を終えて、ドアを開けようとしたところで、ドアが開かないのに気づいた。立て付けが悪いのかと、ガチャガチャと力を込めてもドアは開かなかった。鍵も掛かっていないのに、ドアが開かないのだ。

ドアをバンバンと叩いても誰にも気づいて貰えない。そのうちにチャイムが鳴ってしまい、授業が始まってしまった。

困り果てて、泣き出しそうになった時に、個室の外から女の子の笑い声が響いた。

こちらを嘲るような笑い声に、沢口さんはこれはいじめだと思った。

自分は生真面目で、少し融通のきかないところがある。それを煙たがる生徒がいることも知っている。おそらく閉じ込めるような悪意があったのだ。

「バカにしないでよ！　先生に言いつけるからね！」

大声を出したが、笑い声と、ばたばたと走り回る音が外で聞こえるだけだ。

下の隙間から覗けば上履きの名前がわかるかもしれない。こんな真似をする生徒を捕まえてやる。

そう思って身を屈めたときに、腕を掴まれた。

「言いつけてみなよ」

女の子の声が耳元で囁かれた。その直後に突き飛ばされて、狭いトイレの中で扉に激突した。足を掴まれ、スカートを引っ張られる。個室の中には自分以外の誰もいない。だが、死角から何者かに叩かれ、触られ、引っ張られた。

混乱の末に、沢口さんは全力で叫んでいた。

助け出された彼女の腕や背中には掌の跡が残り、引っ張られたスカートはボタンが千切れていた——。


そんなことがあったのか。

希美さんは絶句した。もちろん小学生の言うことである。一部は誇張されているだろうし、伝聞による間違いもあるだろう。

女子達は続けた。どうやら生徒の中に、教師の子供がいるらしい。その子からの証言だという。

当初はいじめではないかという話もあったそうだが、事件発生時に生徒の中に教室を抜け出た者はいなかった。そして教師の一人が似た経験をしたことがあると証言したという。

「トイレで用を足してるときに足首を掴まれて、まだその跡が残っています」

職員会議で女性教師が見せたのは、右足首を左手で掴んだ跡だった。

子供サイズの手の跡は、彼女自身の手よりもふた回りも小さい。

他にも聞き取りを行ったところ、トイレに入った女子生徒達の間で、足を掴まれる、背中を撫でられる、閉じ込められる等の事例が十件以上報告された。

どれも生徒が一人でトイレに入った時のことだという。


「――うちのクラスでもあったんだよ。希美ちゃん、本当に知らなかったの？」

集団で行動するのが好きではなかったので、知らなかったのだ。

トイレについてきて、と言われて、個室の外で待っていることは何度もあった。

しかし、個室に入る理由の背景として、そんなことがあったのは知らなかった。

では、一人でトイレに入っていれば、何か奇妙なことが起きるのではないか――？

希美さんは好奇心旺盛だったこともあり、実験として一人で放課後にトイレの個室に入ることにした。

友達を廊下に待機させ、一人でトイレに入る。個室に入り、ドアを閉める。

少し待っても何も起こらない。当然だろう。

「希美、もういい？　怖いから帰ろうよ！」

トイレの外で待っている友人から声が掛かった。

もう少し待ちたかったが、焦れている声に、また今度にしようとドアから出た。

トイレの出口に向かった途端、バタンッと大きな音を立てて個室のドアが閉まった。

バタンッ　バタンッ　バタンッ！

全ての個室のドアが続け様に閉じられた。

耳をそばだてても、何も聞こえない。

人が入ったなら、衣擦れの音くらいするはずだ。

希美さんがトイレから出ると、待っていた友人が、幽霊出た？　と訊いてきた。

二人でトイレに戻ると、相変わらず個室のドアは閉まったままだ。

「何これ――」

友人が呟く。

希美さんは一番手前の個室のドアをノックした。すると、内側からノックが返ってきた。

「すみませんでしたー」

そう言ってトイレから駆け出る。

友人には、誰か見ていないうちに入ったんだと思うと告げた。

「あたしが廊下で見てたんだから、そんなわけないでしょ！」

その日は、友人に手を引かれて帰った。

翌日、全ての個室のドアが閉まったままで、西側の女子トイレは使用禁止になった。

訊くと、放課後に戸締まりのために巡回した教師が、ドアが閉まったままになっているのを発見し、イタズラかと思って中を確認しても、誰もいなかったという。

何事かあってはいけないというので、使用禁止にしているという話だった。

それ以降も、西側のトイレは、使用禁止になる期間が何度もあった。そして〈個室まで連れションン〉は、覚えている限り、彼女の在学中はずっと続いていたという。

本物だけれど

郷内心瞳

鈴美《すずみ》さんが中学生だった八〇年代後半というのは、七〇年代に日本じゅうを熱狂させた心霊ブームの火種が、まだまだ色濃く残る時代だった。

鈴美さんも物心ついた頃から、その手のテレビ番組や書籍に慣れ親しんできたとあって、多感な年頃になってもなお、不思議なことや怖いものが大好きだった。

またこの頃は、使い捨てカメラが世間で幅広く活用されるようになった時代でもあった。それまでは比較的高価で、子供が所有するには敷居の高かったカメラが、安価でなおかつ気軽に扱うことができるようになっていたのである。

ある日のこと、鈴美さんは自前の使い捨てカメラを使って、心霊写真の撮影に臨んだ。場所は夕闇迫る学校内。同じく心霊好きな友人ふたりと連れだって、撮影を開始した。

気持ちとしては「怖い雰囲気を楽しむため」というのが大半だった。特にこれといった因縁話も聞かない母校で、本物の心霊写真が撮れるなどとは思っていなかった。

人気のなくなった教室を始め、校内の廊下やトイレ、体育館にプール、グラウンドなど、思いつくままにレンズを向けてシャッターを切り、フィルムを全て使いきった。

友人たちと声を弾ませ、どきどきする時間を思う存分堪能した。それで十分満足だった。理解に苦しむ不穏な成果など、まったく望むところではなかった。


数日後、現像された写真を見ていくなかで、異様な写真が三枚見つかった。

一枚目は、自分のクラスで撮った写真。

誰もいない教室の宙に、白くて長い筋が横切るような形で写っている。筋は光のようにも見えるし、煙のようにも見えた。

テレビや雑誌の心霊写真コーナーで多く目にする、軽めの心霊写真といった印象である。こうした白い筋は、霊能者に「浮遊霊」や「動物霊」などと解説されるのが常だった。

そういうふうに信じこもうとすれば霊のように見えなくもなかったが、単にストロボの加減や手ぶれなどによって生じた筋だと言われても、納得できるものにも思えた。

要するに鈴美さんとしては、どっちつかずな印象だったのだが、そうした印象も含めてたまさか撮れたそれっぽい写真としては、ほどよく条件を満たす一枚とも言えた。

問題はこの後に撮れた、二枚の写真である。

二枚目は、校内の廊下を写した写真。

手前から奥に向かってまっすぐ延びる廊下を、正面から見た構図で撮影しているのだが、廊下の中ほどに女が立って、こちらを見ている。

クリーム色のエプロンを掛けた、スカート姿の女である。歳は四十代の中ほどだろうか。女は顔に笑みを浮かべてこちらを見ていた。

素性はまったく分からなかったし、そもそも廊下を撮影した時、こんな女はいなかった。仮にいたなら、絶対気がついているはずである。

ならば幽霊なのかと思うのだけれど、女は輪郭がはっきりしているし、足も生えている。写真にくっきりと写る佇まいは、どう見ても生身の人間にしか思えない。

これだけでも背骨がぎゅっと窄《すぼ》まるような戦慄を覚えたのだが、続くもう一枚の写真はさらにまた違った意味で鈴美さんの心胆を寒からしめた。

三枚目は、グラウンドの一角を写した写真。

何かの表彰を記念した石碑の前に、鈴美さんと友人ふたりが並んで立っている。

いずれも直立姿勢で、顔は能面のように無表情である。

こちらも廊下の写真に写る怪しい女と同じく、確かな像を帯びて写っていたのだけれど、そもそもこんな写真を撮った覚えがなかった。

確かに石碑自体は撮影しているのだが、鈴美さんたちは石碑の前に並ぶなどしていない。それ以前に、自分たちが三人揃って同じ写真に収まること自体が不可能なのだ。

三人のうちの誰かひとりがシャッターを切れば、こんな写真を撮れるはずがなかったし、他の誰かに撮影を頼んだ覚えもなかった。

友人たちにも確認をとってみたのだけれど、答えは鈴美さんと同じである。

教室の宙を横切る白い筋の写真はさておき、他の二枚の写真については、どう考えてもありえないだろうということだった。

だからこれらは本物の心霊写真ということになりそうなのだが、皮肉なことにどちらの写真についても「異様なもの」がはっきり写りすぎているため、誰に見せても訝しまれた。どうにかわずかに信じてもらえたのは、本物かどうかも疑わしい白い筋の写真だけである。

撮影に関わった当事者たちにしか怖さを理解できない「本物の心霊写真」は、当時から四十年以上の歳月を経た今でも、鈴美さんの手元に保管されている。

九十九組

黒木あるじ

　俺、小学校のときに廊下で倒れたことがあってさ。違う違う、熱中症じゃないって。放課後、いつもどおり玄関に向かってたんだけど、どんだけ歩いてもいっこうに廊下が終わらなくてね。いや、ありえないのよ。だって、その廊下「百メートルあったかな」ってくらいの長さなんだから。普段はどんなにゆっくり歩いても、せいぜい一、二分で玄関に続く曲がり角へ辿りつくんだわ。

「なんだよ、これ」って怖くなっちゃって、戻ろうと振りかえったら——いままで歩いてきた廊下も長くなっててさ。すごいよ、あまりに距離があって向こうが見えないんだもの。こうなっちゃうと引きかえすのもおっかないでしょ。だから俺、仕方なく進んだわけ。

　そんで、おなじ壁とクラスが延々と続くなかを半泣きで歩いてるうちに「あれっ」って気づいたの。おなじじゃないいんだよ。クラス、違うんだよ。

ほら、教室の入り口って白い札が飛び出てるじゃん。〈六年一組〉とか〈視聴覚室〉とか、表記してあるやつ。なにげなくソイツを見たら〈五年十二組〉って書かれててさ。

ウチの学校、どの学年も三組までしかないんだよ。俺が歩いてた廊下沿いは四年、五年、六年の教室があったけど、十二組なんてあるはずがないの。

あ、これってループしてるわけじゃないんだ。

そう思ったら「何組まであるか確かめてやろう」って気持ちがムラムラ湧いてきてさ。

そりゃ走るよね。クラスの名札を「二十一組、二十二組……」と数えながら駆けたよ。

なんとなくゲームみたいな感じがして、おかげで怖さが薄れたのかもしれないな。

でもね――廊下、やっぱり終わらないんだわ。七十組を過ぎても、八十組を超えても、まったく風景が変わらないの。それで、今度は別な不安が湧きあがっちゃってさ。

もしかして〈九十九組〉の次は〈一組〉に戻るんじゃないか。

やっぱり、無限に続いてるんじゃないか。

焦りながら走ったよ。九十組を数えるころには、走るというより早足になってたけどね。

足は痛いし目眩はするし、もうフラフラだった。

それで、ようやく〈九十九組〉の前に到着したら。

その先もあるんだよ。クラスが。

いや、確認する気にはなれなかったな。一組だったら絶望的じゃん。その場にペタンと膝をついた瞬間に気が遠くなって、その場に大の字になっちゃって。

そしたら九十九組のドアが開く音がして。何人もの子供がワッと近づいてきて。

薄目でぼんやり見たら、その子たちの顔じゅうに白いブツブツがびっしりあるんだよ。なんだろうと思ったら〈歯〉なのよ。皮膚に歯が埋まってんの。生えてるんじゃなくて、断面図で見るみたいに横向きに埋めこまれてるの。

そのうち、子供のひとりが自分の頬から歯を一本、木の実を捥《も》ぎとるみたいにむしって、指でつまんだソイツを俺の口のなかに捻じこんできたんだわ。

「おいしくないよ、おいしくないよ」

そう言われたところまでは、うっすら憶えてるな。

うん、目が覚めたら学校で解放されてた。

いやいや、ウチの学校じゃないのよ。隣の市にある中学校。俺、そこの廊下に仰向けで倒れてたんだって。行ったことがないどころか、名前さえ知らない学校だった。

すぐに親と担任が呼ばれたけど、説明なんかできないもんで泣き続けてたよね。

それで「熱中症にでもなったんでしょう」って結論になって――あ、当時は日射病って名前だったけど――なんとなく終了。うん、その後はなにごともなく卒業したよ。

だから俺も「オカシくなってたのかもな」って、自分に言い聞かせてたんだけどね。


何年か経ってウチの妹と雑談してて知ったんだけどさ、俺が卒業した翌年、教頭先生が行方不明になってるらしいんだよ。放課後に、鞄も車も残したまま煙みたいに消えたって。真面目な先生で対人関係も良好、借金もなかったんだけど、事件の可能性も疑われちゃってけっこうな騒ぎになった――って妹は教えてくれたんだけどね。

そうなんだよ。俺、教頭が行方不明になった理由――廊下じゃないかと思ってさ。ま、確かめる方法もないから「俺がそう思った」って以上の話にはならないんだけどね。

どうよ、あんたが確認したいなら学校の名前と場所を教えるけど、行ってみる？

壁女

つくね乱蔵

怪談仲間の木下から聞いた話。
学校に関連する怪談を探している私に、微妙なもので良ければと前置きした上で聞かせてくれた。

今から四年程前、木下は小林さんという女性から奇妙な話を聞いた。
小林さんの娘、香澄さんに関する話である。
それは、小林さんが高校の見学会に行った時のこと。
文字通り、学校の教育方針や校風に加え、授業や部活動なども見学できる催しだ。
最近では、オープンキャンパスなどと呼ばれ、盛況を博している。
小林さんが訪ねたのは、香澄さんの第一志望の私立高校である。

正直なところ、今の香澄さんの偏差値では難しい学校だ。本人もそれは理解している。だからこそ、モチベーションを上げる為に見て回りたいのだという。

大切な一人娘にそこまで言われては行くしかない。小林さんも気を引き締めて見学会に向かった。

難関校だけあって、既に校門から佇まいが違う。小林さん自身が通っていた高校とは、比べ物にならないほど立派な校舎だ。

予定としては、学校や入試の説明会を終えた後、学内の見学と体験授業、最後は部活動の紹介となっている。

神妙な面持ちで説明を聞いていた香澄さんは、希望に瞳を輝かせながら学内を回り始めた。

微笑みながら後をついていた小林さんは、途中でおかしなものを見つけてしまった。

屋上へ向かう階段の踊り場に、一人の女生徒が立っている。

壁の方を向いているため、後ろ姿しか見えない。

何をしているのだろうと思ったが、話しかけるのも変だ。

娘に置いて行かれるわけにもいかない。小林さんは、もう一度女生徒に一瞥をくれてから娘の後を追った。

次は視聴覚教室だ。その場にいた教師の説明によると、最新鋭の機器が設置されているらしい。

感心する娘の横で、小林さんは再びあの女生徒を見つけてしまった。

今度は窓に向かって立っている。やはり後ろ姿しか見えないが、髪型や体型から同じ女生徒に思える。

この学校の生徒だろうから、自分達のような部外者には分からない近道で先回りしたのだろう。

そう納得するしかなかった。

女生徒がそのまま窓際にいるのを確認し、小林さんは教室を後にした。

次の体験授業の前に、トイレに立ち寄る。

足を踏み入れた途端、小林さんは思わず小さく呻いてしまった。

一番奥の壁際に、またあの後ろ姿が立っている。こうなると追い抜くとか、近道の問題ではない。

何か奇妙な事が起こっているのを感じながら、とりあえず小林さんは用を済ませて娘さんの元に戻った。

恐る恐る振り向く。依然として、女生徒はトイレの奥に立っていた。

その後も、ありとあらゆる場所に女生徒は立っていた。

音楽室、下駄箱の横、体育館のステージ、弓道場、テニスコート。

それぞれの位置関係を考えると、瞬間移動でもしない限り不可能な状況だ。

もはや見学どころではない。どうやら見えているのは自分だけだ。どういった理由で現れるのか分からないが、関わるのは危険な気がしてならない。

小林さんは必死に笑顔を保ち、無視し続けた。

なんとか全ての見学を終えて駅まで戻った時、思わず溜息をついてしまったという。

どうやら香澄さんは意志を固めたようだ。配られた資料を食い入るように見ている。

「お母さん、私頑張る。どうしてもこの高校に来たい」

あの女生徒のことが心に引っ掛かるが、それは反対する理由にはならない。

幸いと言っては親として失格だが、合格の可能性は低い。黙って見守ればいい。

第二志望は、どこにでもあるような公立高校だ。そちらに合格するよう、小林さんは心から祈ったという。

こういう話である。

後ろ姿の女生徒が何なのか、結局のところ何一つ分からない。

確かに微妙だが、何となく気になることも確かだ。

木下に、追加取材を依頼したところ、早速動いてくれたらしい。

ここから先は、その後に起こったことと、今現在の話である。


木下は、とりあえず小林さんの携帯にかけてみた。

だが、電話に出たのは小林さんの母親と名乗る女性だった。

小林さん自身は入院しているとのことである。

自分の素性を明かし、お見舞いの言葉を伝えて電話を切ろうとしたのだが、意外にも母親は経緯を話してくれた。

誰かに聞いて貰いたかったらしい。

香澄さんは、第一志望の高校に合格していた。

大変に喜んでいたのだが、通学して間もなく、香澄さんに異常な行動が見られるようになってきた。

登校してからずっと、壁に向かって立つのだという。

誰が注意しても頑なに動こうとしない。連絡を受けた小林さんが必死で連れ帰り、自宅に着いた途端に香澄さんは元に戻る。

それを繰り返す日々だった。我に戻る度、香澄さんは何が何だか分からないと言って、声をあげて泣いたそうだ。

結局、まともに登校できたのは最初の一週間だけであった。

香澄さんは、自宅でも壁に向かって立つようになった。

小林さんは病院に連れて行き、何とかして娘を元に戻そうとした。

だが、夏を迎える頃、全てが無駄になった。

香澄さんが飛び降り自殺してしまったのだ。

小林さんは葬儀の翌日、喪に服することもなく高校に乗り込んだ。

屋上へ向かう階段の踊り場で、壁に向かって大声をあげたそうだ。

駆けつけた職員達を無視して、小林さんは叫び続けた。

「邪魔しないでよ、あんたらには見えないの？　ここに二人並んで立ってるじゃない！

香澄、こんな所にいないで家に帰りましょ、お願いだから」

今現在、小林さんは入院中だ。退院できる目途は立っていない。

「ずっと壁に向かって泣いてます。たぶん、もう治らないと思います」

小林さんの母親は、疲れた声でそう言って電話を切ったという。

首吊れ・首吊り

蛙坂須美

健太郎さんの小学校には「首吊れ坊主」という名の怪異が伝わっていた。

出現場所はテレビや音響機材が備えつけられた視聴覚室とされ、夕方の四時四十四分に一人で部屋に入り、テレビに向かって、

「首吊れ坊主さーん」

と三度呼びかける。するとモニターの中からあられ揚げのようにボコボコの頭をした大坊主が現れて、

「首吊れ、首吊れ」

と言いながら、縄跳びの紐で首を絞めてくるのだという。

有名なヨジババや花子さんの亜型《あがた》とみられるが、同種の伝承を寡聞にして知らない。

実際に首吊れ坊主を見たという者がいたわけではない。健太郎さんと友人たちもおもし

ろがって試したことはあるが、当然のようにそんなわけのわからない坊主なんかは出てこなかった。噂を信じている者はほぼ皆無だったろう、と健太郎さんは語る。

「ただ、おれが小五の頃にたいへんなことがあったんだよ」

夜間、校内に侵入した者が、何を思ってかわざわざその視聴覚室で首を吊るという陰惨な事件が起きたのである。

自殺者は近隣に住む中年の女性で、長らく精神を病んでいたとも聞いた。もっともそれ自体、複数語られていた噂話のバリエーションにすぎなかったのだけれど。

以来、首吊れ坊主の話は絶えて聞かれなくなった。

かわりに語られ出したのは、こんな怪談である。

時刻はやはり夕方の四時四十四分。その時刻に視聴覚室の中央に立って、

「首吊りさーん」

と三度呼びかける。すると電源の入っていないスピーカーから「はーい」と声がして、首を吊った女の死体が落ちてくるというのだ。

「はっきり言って、いまひとつなアレンジだよね」

首吊れ坊主と同様、こちらも目撃者はない。元あった学校の怪談が、実際に起きた生々

しい事件によって上書き保存されてしまったケーススタディとしては興味深いものの、体験者が不在では実話怪談にはならない。内容面でも、いささかパンチに欠けている。

なのだが、その後事態は思わぬ進展をみせる。

「これはおれの一学年上の子の話なんだけどさ」

夏休み直前の夕刻、彼らは視聴覚室に忍び込んだ。

その頃には部屋は使用不可になっており、戸締りも厳重にされていたはずだ。職員室から鍵をちょろまかしたのかとも思うが、そのあたりは健太郎さんにもよくわからない。

メンバーは四人。いずれも男子で、その中に健太郎さんと同じ登校班のY君もいた。

くすくす笑いを堪えながら室内中央に陣取った彼らは、部屋の時計が午後四時四十四分を刻んだ瞬間、二人ずつに別れて一斉に声をあげた。

「首吊れ坊主さーん」「首吊りさーん」

何も起きなかった。そんなことは、最初からわかりきっている。四人は今度こそ腹を抱えて笑い、出入口に向かった。

「はーい」

背後でか細い女の声がした。えっ？　と同時に振り向いた彼らは一様に目を剥いた。

電源のついていないテレビモニターに、人影がふたつ映っている。

一人はかたちの悪い坊主頭に袈裟のように見える衣をまとった大坊主で、もう一人はだぼっとしたTシャツにジーンズを履いた小柄な女だった。

大坊主は女に馬乗りになって、縄跳びの紐らしきものでその首を締めつけていた。

「首、吊れっ……！」

「はーい」

「首、吊れっ……！　首、吊れっ……！」

「はーい、はーい」

くんずほぐれつしながら彼らはそんなことを言い合い、Y君たちには目もくれなかった。

Y君たちは部屋から飛び出したところを先生に見つかり、大目玉を喰ったという。

現在、その小学校に視聴覚室はなく。

「Y君ともう一人、成人する前に死んじゃったんだよね。あとの二人は、今どうしてるか知らないけど……」

死因は伏せといてね、と健太郎さんは言い添えた。

お泊まり会

郷内心瞳

今から四十年近く前、渡壁《とかべ》さんが小学五年生の時に起きた話だという。

一学期がそろそろ終わりを迎える梅雨あがりの頃、渡壁さんの学年は小学校の体育館で、お泊まり会の行事を催すことになった。

例年は五年生になると、同じ時季に林間学校を催すことになっているのだが、この年は会場に使っている施設が改修工事に入った関係で予定が変更されたのである。

お泊まり会は、校庭での飯ごう炊爨や花火大会といった諸々のイベントを織りこみつつ、夜は体育館に布団を敷いて一夜を過ごすという流れだった。

担任の話では、校内でお泊まり会が催されるのは初めてのことだという。夜の体育館で児童が寝るのも初ということになる。

果たしてどんな過ごし具合かと不安に思う気持ちもあったが、天井が広くてだだっ広い体育館には独特の開放感があり、慣れれば特に不便を抱くこともなかった。

寝床は館内を前後で二等分に区切り、男女別に設けられた。境界線は衝立で仕切られる。男子はステージ側、反対側が女子の寝床になった。

日没後、花火大会が終わってからは、就寝前のお楽しみとして、怖い話の会が催された。語り手は担任たちと、世話役で参加していた校務員のおばさんである。

修学旅行の晩、墓場で骨を齧る学生の話。霧深い夜道でタクシーに乗りこむ女幽霊の話。膝小僧にできた人面瘡の話。動く二宮金次郎の像や、トイレの花子さんにまつわる話。

いずれも今振り返ってみれば他愛もないものばかりなのだが、おどろおどろしい口調と、照明を薄暗くした館内の雰囲気も相俟《あいま》って、渡壁さんたち児童は、相応に怖気をふるった。

話が終わって床に就いたのは、十時頃のことである。

渡壁さんは仲のいい友人たちと床を並べて横になった。

昼間の疲れもあって、眠気はそれなりに差していたのだが、慣れない環境に邪魔されて、すんなり寝付くことができなかった。隣にいる友人たちも同じだったし、周囲に横たわる他の同級生らも似たり寄ったりの状況である。

仕方なしに小声で友人たちと雑談を交わすようになる。緑色の非常灯だけが怪しく灯る、ほとんど真っ暗に近い状況というのも後押しとなり、話題は自然と怖い話の続きとなった。

友人たちと代わる代わるに自前の話を披露していく。

そうして一時間近くが過ぎた頃のことである。

渡壁さんは、ようやく本格的に眠たくなってきた。

隣の布団では、なおも友人が怖い話を囁いている。渡壁さんは浅く微睡みながらも話に耳をそばだて、眠気を誤魔化すために視線を空へと泳がせ始めた。

頭上に延びるキャットウォークに目をやると、暗闇に霞む鉄柵の向こうに何かが見えた。

色はほとんど黒に近く、仔細もよく分からなかったが、鉄柵の向こうに何かがいる。

目を凝らしてよく見てみると、どうやらそれは人影らしい。

暗い色の衣服に身を包んでいるため、輪郭は周囲の闇に溶けこんではっきりとしないが、身体の上の部分には、顔とおぼしい白っぽい色が浮かんでいる。

髪はないように見えた。白っぽい色は頭頂部まで続いて、卵のような輪郭を描いている。

代わりに髭を蓄えているようだった。顎から胸元辺りにまで垂れさがる、長い髭である。

そんな形をなした得体の知れない輪郭が、鉄柵を隔てたキャットウォークの向こうから、眼下を見つめるような姿勢で立っている――ように見える。

視線を注ぎ続けても、それは一向に消える気配がなかった。目の錯覚ではないと確信し、友人たちに声をかけると、彼らもつかのま視線を頭上に凝らし、そのまま固唾を呑みつつ、「見える」とつぶやいた。幽霊ではないかと言う。

「まさか」と渡壁さんは返したが、「だったらなんなんだよ?」と訊かれれば、自分でも納得のいく答えは思いつかなかった。

そうしたやりとりをしているさなか、黒い人影が横に向かって動きだした。足音はなく、氷の上を滑るような動きである。影は衝立を隔てた、女子の寝床のほうへと進んでいく。

女子側の寝床に当たるまんなか辺りで、影は動きを止めた。

先刻までと同じように、再びその場で眼下を見おろすような姿勢になるのかと思ったが、今度は違った。影は鉄柵の前にずいと身を突きだし、キャットウォークの縁に立った。

柵を乗り越えたのではなく、霧のようにすり抜けるさまを、渡壁さんははっきりと見た。続くもう一コマの動きと仔細も、望まぬながら目にしてしまう。

黒い人影は、キャットウォークの縁からふわりと身を斜めにして飛び降りた。

その瞬間、顔の部分が確かな像を帯びて、渡壁さんの網膜に映る。

顔は女のものだったが、上下が逆さになって胴体に付いていた。

胸元辺りにまでどろどろと垂れさがる、髭だと思っていたのは、女の長い髪の毛だった。頭は禿げているとと勘違いしていたが、頭と思っていたのは女の顎に当たる部分だった。首から上が逆さになった女は宙へと身を投げだすなり、寝床を隔てる衝立の向こう側へ姿を消した。落下音も着地音も聞こえてこない。

代わりに一拍置いて奇妙な声が、体育館の静寂をつんざくように木霊した。

「ぷるるるるるる！」という甲高い女子の声だった。下唇に吐息を吹きつけて発する、素っ頓狂で鋭い声だとすぐに分かった。

続いてぼすぼすと、おそらくは布団の上を踏みしめるけたたましい足音が聞こえ始める。足音からいくらも間を置かず、他の女子たちが発する動揺の呻き声や悲鳴も聞こえてきた。騒ぎに気づいた男子たちも次々と身を起こし、俄かにざわめきの声をあげ始める。

衝立の向こうでは「ぷるるるるる！」という奇怪な声と、布団の上を盛んに掛けずる足音が絶えることなく続き、女子らが騒ぐ声や物音もみるみるうちに強まっていった。

「どうした！」という担任の声が聞こえたのを皮切りに、渡壁さんたちを含む男子一同は布団を抜けだし、こぞって衝立の向こうへと回った。

そこで渡壁さんが目にしたのは、暗闇の中にずらりと敷かれた布団の上を跳ねるような足取りで駆け回る、ひとりの女子の姿だった。

ぎょっとしているところへ館内の電気がつく。

異常を来しているのは、里美《さとみ》ちゃんという娘だった。渡壁さんと同じクラスの彼女は、綿菓子と見紛うような白くて大きな泡を噴きながら、「ぷるるるるる!」と奇声を発し、逃げ惑う女子たちの間を盛んに駆け回っている。目は左右がちぐはぐな角度に向いていた。

里美ちゃんは血相を変えた担任たちに力ずくで取り押さえられたが、それでも遮二無二身を捻じらせて、なおも駆け回ろうとしているようだった。

担任たちがどう足掻いても正気に戻らなかった彼女は結局、現場に駆けつけた救急車にやはり力ずくで詰めこまれ、体育館から姿を消していった。


渡壁さんが里美ちゃんの訃報を知ったのは、夏休み中に開かれた登校日のことである。くわしい死因は明かされなかったが、体育館で怪しい人影を見た渡壁さんと友人たちは、幽霊の仕業と思う以外に納得できる答えが浮かんでこなかった。

異変があったその夜、渡壁さんたち以外にもキャットウォークに佇む人影を見たという児童が何人かおり、中には上から降ってきた人影が、里美ちゃんの身体の上に着地したと語る女子もいた。

それからしばらくした頃に渡壁さんは、過去にも体育館で死亡事故があったことを知る。

里美ちゃんの件から十年近く前に、若い女性教員が死んでいるのだという。

彼女は学芸会の準備中にキャットウォークから転落して、首の骨をへし折ったと聞いた。

奇しくも渡壁さんが目にした、顔が上下逆さになった女の姿と形質が一致する。

その後、体育館でのお泊まり会が催されることは二度となかったそうである。

あの子の机

つくね乱蔵

恵奈さんが通っていた高校に、小さな物置があった。

不要になった備品や書類の保管庫だ。

そういった物に混じって、一組の机と椅子が置いてある。ブルーシートに包まれ、持ち出し禁止の貼り紙が付けてある。

この机、生徒の間では呪いの机だと囁かれていた。

おかしな言い方だが、それなりの実績もある。

この机を使った生徒全員が、何らかの形で不幸になったという。

代々伝えられてきた噂によると、集団に強姦されて妊娠した者、家が火事に遭って家族全員を失った者、顔面に重度の火傷を負った者など様々らしい。

このままでは生徒に悪影響があるとして、学校側が使用を禁止した。

ただ、公的な財産であるため、簡単に廃棄はできない。

噂を晴らせぬまま、保管されるようになったのである。


十二月のある日のこと。

恵奈さんと級友二人が、補習授業を終えて帰ろうとしていた。

同じクラスの、小島という女子の悪口で盛り上がっていたという。

ちょっと可愛いからといって偉そうだ。上から目線だよね。家が貧乏なくせに。男子の前だと態度変えるし。

有ること無いこと言いたい放題である。

騒ぎながら例の保管庫の前を通りかかった時、一人が言い出した。

「ここに呪いの机って入ってるじゃん。あれ、本当かどうか試してみたい」

「え。もしかして」

「当たり。小島の机と交換しとくの」

反対する者は一人もいなかった。

扉はダイアル錠で閉鎖されていたが、試しに一つだけ回してみたら解けてしまった。

一人が見張りに立ち、残りがそっと中に入る。

目的の机は片隅にあった。恐る恐るブルーシートを外す。

今現在、使われているのと同じものだ。目だった傷や汚れも見当たらない。

「運ぶのは大丈夫かな」

「使ったら呪われるんでしょ、触るぐらいなら平気よ」

恵奈さんが机、もう一人が椅子を持つ。教室は一つ上の階だ。音を立てないように注意しながら進む。

無事、教室に到着し、小島の机と並べてみた。予想通り、見た目に違いはない。

生徒一人一人に個人用ロッカーが割り当てられているため、机の中には何も置いていない。

取り替えるだけで済む簡単な作業だ。

恵奈さんは小島の机を退かし、持ってきた机を置いた。

持ち出す際に確認はしたが、念のため、中を覗き込む。

そこに人の顔があった。鼻の上部から眉間までを輪切りにして嵌め込んである。

両目が瞬きし、恵奈さんをじっと見つめた。

恵奈さんは、言葉もなく仰け反るしかできなかったという。

「どしたん、恵奈。中に何かあるの？　」

「変なものが詰まってる」

「どれどれ……なんも無いじゃん」

そんなはずはない。輪切りにされた顔が詰め込んであるんだってば。

恐る恐る、自分も覗いてみた。確かに何もない。空っぽだ。

とりあえず当初の予定通り、机を入れ替え、小島の机は保管庫に入れてブルーシートをかぶせておいた。

さっきのは何だったのだろう。これ、関わったらダメなやつかもしれない。

今更、止めておこうとは言い出せなかった。

恵奈さんは考えるのを止めた。いずれにせよ、明日になったら分かる。


翌日。

恵奈さんはいつもより早く登校した。やはり、元に戻そうと決めたからだ。

頑張れば一人でもできる。とりあえず、椅子は後回しでもいい。

教室に入り、あの机に近づこうとして足が止まった。

机の中から髪の毛が垂れ下がっている。

立ち竦《すく》んだ恵奈さんの見ている前で、髪の毛がそろそろと中に入っていく。

これは無理だ。とてもじゃないが触るなんてできない。

恵奈さんは自分の席につき、泣きそうになるのを必死で堪えるしかできなかった。

次々に級友達が入ってくる。おはようの挨拶が交わされ、教室にいつもと同じ朝がやってくる。

小島が入ってきて、席につこうとしている。

恵奈さんは思わず、視線をそらしてしまった。

授業が始まる寸前、小島が何か呟くのが聞こえた。

何を言っているかまでは聞き取れなかった。

小島は一日中なにか呟いていたという。

机を取り替えて三日目。

小島から表情が消えた。朝、自分の席につき、普段通りに授業を受け、全て終えて帰るまで、一言も喋らない。
友人が心配して声をかけるが、返事すらせず前を向いたままだ。
何故かずっと机の中に手を入れている。
四日目。
小島は授業中、いきなり立ちあがり、窓を開けて頭から飛び降りた。
それほど高くはないのだが、即死だった。

恵奈さんは、あの日の仲間達と共に机を戻した。
正直、触るのも近づくのも恐ろしかったが、このままだと次の犠牲者が出てしまう。
触れた瞬間、誰かの意識が頭に流れ込んできた。
理屈抜きで、この机の中にいる少女の意識だと分かった。
ほんの数十秒で、恵奈さんは少女の過去を全て知らされた。
少女は学校の帰り道に拉致され、集団に強姦されて妊娠した。
親にも誰にも言えず、引きこもっている最中に自宅が火事になり、家族全員を失った。
一人だけ助かったが、重度の火傷で鼻から下が引き攣れてしまい、喋れなくなった。

ある日、教室に入ってきた少女は、自分の机を愛おしそうに撫でた後、窓から飛び降りた。

元の保管庫に戻し終えた恵奈さんは、これで全て終わりだと感じていた。

あの少女に起こった事は、小島の自殺でその環を閉じたからだ。

後悔と安堵が胸に満ちる。恵奈さんは、一生かけて償っていかねばならないと覚悟を決めた。

翌日、恵奈さんはいつもの時間に教室に入った。

小島の机には花が飾ってある。

その横に血に塗れた少女が立っていた。額の半ばまで陥没していたが、小島だと分かった。

小島は、自分の机の中にするすると入っていった。

初出一覧

母が来る――つくね乱蔵（書下ろし）
棲みつかれる――郷内心瞳（書下ろし）
おうかがい――黒木あるじ（書下ろし）
保健室――神沼三平太（書下ろし）
隅の中年――鷲羽大介（書下ろし）
落武者の霊――蛙坂須美（書下ろし）
筆まめ――郷内心瞳（書下ろし）
幽体離脱――黒　史郎（異界怪談　暗渠）
顔――平山夢明（怪談遺産）
優しい友達――つくね乱蔵（恐怖箱　厭怪）
入口のカレンダー――神沼三平太（恐怖箱　怪書）
紫のけむり――鷲羽大介（書下ろし）
おぼんどぼん――神沼三平太（恐怖箱　常闇百物語）
当たってた――郷内心瞳（拝み屋備忘録　鬼念の黒巫女）
F高校――神沼三平太（恐怖箱　祟目百物語）
家庭訪問――郷内心瞳（うつろい百物語／イカロス出版）
命中――つくね乱蔵（恐怖箱　蛇苺）
うたた寝――平山夢明（怪談遺産）
二年C組の供養――つくね乱蔵（恐怖箱　学校怪談）
シャワー室――黒木あるじ（実録怪談　怪の放課後／ハルキ・ホラー文庫）
静かな子――つくね乱蔵（怪談四十九夜　茶毘）
理科室――黒木あるじ（実録怪談　怪の放課後／ハルキ・ホラー文庫）
遅刻厳禁――つくね乱蔵（恐怖箱　蛇苺）
校内新聞――葛西俊和（降霊怪談）
水槽――蛙坂須美（書下ろし）
ドッグレース――鷲羽大介（書下ろし）
視力矯正――鷲羽大介（書下ろし）
そういう日――鷲羽大介（書下ろし）

葬奏——黒木あるじ（書下ろし）
校長先生の忘却と変容について——蛙坂須美（書下ろし）
すぶつぉめ——黒木あるじ（書下ろし）
レインコ——神沼三平太（書下ろし）
厠こけし——蛙坂須美（書下ろし）
うわさ——黒木あるじ（書下ろし）
九階のトイレ——神沼三平太（恐怖箱　学校怪談）
プール——平山夢明（怪談遺産）
お絵かき——葛西俊和（鬼哭怪談）
放課後心中——黒 史郎（怪談実話ＦＫＢ饗宴）
こっくりさん——平山夢明（ふたり怪談　肆）
給食——黒木あるじ（実録怪談　怪の放課後／ハルキ・ホラー文庫）
教育実習——平山夢明（「超」怖いベストセレクション屍臭）
ニノキン——神沼三平太（書下ろし）
ムラタカヨ——黒 史郎（怪談実話ＦＫＢ饗宴６）

体育館の床——平山夢明（怪談遺産「床」改題）
ものまね——渋川紀秀（怪談四十九夜　地獄蝶）
明滅——平山夢明（ふたり怪談　肆）
西川君——郷内心瞳（怪談始末／角川ホラー文庫）
西側のトイレ——神沼三平太（書下ろし）
本物だけれど——郷内心瞳（書下ろし）
九十九組——黒木あるじ（書下ろし）
壁女——つくね乱蔵（書下ろし）
首吊れ・首吊り——蛙坂須美（書下ろし）
お泊まり会——郷内心瞳（書下ろし）
あの子の机——つくね乱蔵（書下ろし）

著者紹介

黒木あるじ（くろき・あるじ）

『怪談実話 震』で単著デビュー。「黒木魔奇録」「無惨百物語」各シリーズ、『春のたましい神祓いの記』『怪談怖気帳 屍人坂』『山形怪談』『怪談実話傑作選 弔』『怪談実話傑作選 磔』『怪談売買録 拝み猫』『怪談売買録 嗤い猿』など。共著には「FKB変宴」「怪談五色」「ふたり怪談」「怪談四十九夜」「瞬殺怪談」「奥羽怪談」「怪談百番」各シリーズ、『未成仏百物語』『実録怪談 最恐事故物件』『黄泉つなぎ百物語』など。小田イ輔や鷲羽大介など新たな書き手の発掘にも精力的。他に小説『掃除屋 プロレス始末伝』『破壊屋 プロレス仕舞伝』など。

郷内心瞳（ごうない・しんどう）

宮城県出身・在住。郷里の先達に師事し、二〇〇二年に拝み屋を開業。憑き物落としや魔祓いを主軸に、各種加持祈祷、悩み相談などを手掛けている。二〇一四年『拝み屋郷内 怪談始末』で単著デビュー。「拝み屋備忘録」シリーズ『怪談双子宿』『怪談首なし殿』『ゆきこの化け物』『怪談腹切り仏』『怪談火だるま乙女』『鬼念の黒巫女』『怪談死人帰り』『怪談人喰い墓場』『赫怒の刻印』（小社刊）のほか「拝み屋怪談」「拝み屋異聞」各シリーズなどを執筆。共著に『黄泉つなぎ百物語』『怪談四十九夜 地獄蝶』『予言怪談』『たらちね怪談』など。

つくね乱蔵（つくね・らんぞう）

一九五九年福井県生まれ、現在は滋賀県在住。実話怪談大会「超-1／二〇〇七年度大会」でデビュー。二〇一二年の初単著『厭怪』で厭という概念を産みだした。以降、厭系怪談の開祖として数々の単著や共著を発表。読む者に絶望的な喪失感を与える怪談は、他の追随を許さない。

神沼三平太（かみぬま・さんぺいた）

神奈川県相模原市在住。大学や専門学校等で教鞭を執る傍ら怪異体験談の蒐集執筆を行う。竹書房怪談文庫で二千三百話を超える実話怪談を発表。無慈悲系厭怪談の作品群を収録する単著群（最新刊は『怪奇異聞帖 地獄ねぐら』）以外に「恐怖箱百物語」シリーズのメイン執筆を担当中。

鷲羽大介（わしゅう・だいすけ）

一七四センチ八九キロ。得意技は大外刈り、背負い投げ、三角絞め。「せんだい文学塾」代表。著書に「暗獄怪談」シリーズ『憑かれた話』『或る男の死』『我が名は死神』、共著に「江戸怪談を読む」シリーズ『猫の怪』『皿屋敷幽霊菊と皿と井戸』のほか、「奥羽怪談」「怪談四十九夜」「瞬殺怪談」各シリーズなど。

蛙坂須美（あさか・すみ）

東京都出身・在住。二〇二三年、共著『瞬殺怪談 鬼幽』でデビュー。著書に『怪談六道 ねむり地獄』、共著『実話奇彩怪談散華』『実話怪談 虚ろ坂』『怪談番外地 蠱毒の坩堝』ほか、文芸誌に短篇小説や書評、エッセイを寄稿するなど、ジャンル横断的な活動をしている。

渋川紀秀（しぶかわ・のりひで）

心霊と人の狂気の間の話を描く『恐怖実話 狂霊』『恐怖実話 狂忌』『恐怖実話 狂葬』『恐怖実話 狂縁』『恐怖実話 狂禍』など。共著に『FKB怪談 幽戯』『怪談実話競作集 怨呪』『怪談五色 破戒』など。

葛西俊和（かさい・としかず）

『降霊怪談』で単著デビュー。『鬼哭怪談』、共著に「怪談四十九夜」「瞬殺怪談」「奥羽怪談」各シリーズ、『怪談実話競作集 怨呪』『獄・一〇〇物語』など。

黒 史郎（くろ・しろう）

小説家として活動する傍ら、実話怪談も多く手掛ける。「黒異譚」「実話蒐録集」「異界怪談」各シリーズ、『横浜怪談』『川崎怪談』など。共著に「怪談四十九夜」シリーズなど。

平山夢明（ひらやま・ゆめあき）

『「超」怖い話』「怖い話」「顳顬草紙」「鳥肌口碑」「瞬殺怪談」各シリーズ、狂気系では「東京伝説」シリーズ、監修に「FKB饗宴」シリーズなど。ほか初期時代の『「超」怖い話』シリーズから平山執筆分をまとめた『平山夢明恐怖全集』や『怪談遺産』など。

★読者アンケートのお願い

本書のご感想をお寄せください。
アンケートをお寄せいただきました方から抽選で
5名様に図書カードを差し上げます。
（締切：2024年10月31日まで）

応募フォームはこちら

学校の怖い話

2024年10月7日　初版第1刷発行

著者……………………………黒木あるじ、郷内心瞳、つくね乱蔵、神沼三平太、鷲羽大介、
蛙坂須美、渋川紀秀、葛西俊和、黒 史郎、平山夢明
デザイン・DTP ……………………………………………………………… 延澤 武
企画・編集 ………………………………………………………………… Studio DARA

発行所……………………………………………………………… 株式会社 竹書房
〒102-0075　東京都千代田区三番町８－１　三番町東急ビル６Ｆ
email：info@takeshobo.co.jp
https：//www.takeshobo.co.jp
印刷所………………………………………………………… 中央精版印刷株式会社